W0467627

TASCABILI BOMPIANI

BEST SELLER

966

Della stessa autrice
nei Tascabili Bompiani

L'ADDIO

Paola Calvetti
Né con te né senza di te

Storia di una passione

TASCABILI
BOMPIANI

Realizzazione editoriale: studio g.due s.r.l.

ISBN 88-452-5596-4

I edizione Tascabili Bompiani gennaio 2006

Però che il delitto se ben non abbia lingua
parlerà con una miracolosa voce.
(*Amleto*, Atto secondo, Scena seconda)

a mia madre

PROLOGO

Il medico legale ha dichiarato:

"Abbiamo trovato sdraiati al suolo i corpi di un uomo e di una donna. L'uomo è riverso sul corpo della donna con le gambe tra le sue. Si nota dietro l'orecchio il foro di una pallottola di rivoltella. Dal foro è uscito del sangue, ora coagulato. Sul viso della donna si constata un'identica ferita, fatta con l'arma che impugna tra le mani. La donna è riversa sul dorso, le gambe divaricate. Il vestito rialzato lascia intravedere la parte superiore delle cosce. La testa è girata verso la finestra che dà sul giardino. La morte è stata istantanea ed è avvenuta presumibilmente verso le 5.30. Data la posizione dei loro corpi c'è da supporre che quell'uomo e quella donna abbiano avuto un rapporto sessuale, prima di morire".

I corpi di Mathilde e Bernard temo proprio che non saranno tumulati insieme. Se dovessi scegliere un'epigrafe funeraria per quei due, so bene cosa scriverei: "Né con te né senza di te".

Ma nessuno chiederà il mio parere.

François Truffaut,
La signora della porta accanto

FRANCESCO

Stropiccio la carta, friabile come pane secco. Mi chiedo dove trovano le fotografie. Frugano nei cassetti? Mendicano ai famigliari, agli amici o al dirimpettaio? Tentano con quelli della Omicidi? I soli ad avere accesso alla stanza del delitto.

Quando non recuperano di meglio, usano quelle della carta d'identità. Decolorate quadrerie di volti senza anima, la foto segnaletica che avrebbe Vera, di fronte e di profilo, al suo ingresso in carcere.

"Me ne dia una qualsiasi, chissà quante ce ne sono in giro, non se ne accorgeranno..."

Li immagino mentre implorano, il viso piegato di lato, il mento proteso da giornalisti d'accatto che baratterebbero quanto hanno di più prezioso per rifilare al caposervizio un trofeo che dia peso alla firma.

Se sta in soggiorno ha un significato: due fantasmi allacciati in una posa che insinua contentezza.

Io li conoscevo così.

Famelici, si appellano al diritto di cronaca senza preoccuparsi di raccontarli con un minimo di decenza.

Perché hanno pubblicato proprio questa e non un ritratto più formale? Vera seduta alla scrivania, lo schermo del portatile acceso dalla radiazione artificiale di un nuovo sogno. Avrebbe reso l'idea non di chi lei fosse ma di che cosa facesse. Grazie agli archivi digitali la memoria è poco più di una guarnizione. Scorri un elenco di cognomi, sfiori il mouse con un tocco, ingrandisci l'immagine e la sovrapponi al quadratino. Bianco, come un formaggino.

Didascalia provvisoria. Falso testo, su due righe:

ipse dolorem ipse dolorem ipse dolorem ipse dolorem
ipse dolorem ipse dolorem

L'ufficio stampa della casa editrice, disposta a saltare su qualsiasi notizia pur di mettere in mostra un autore, li avrà dati in pasto a caporedattori e critici letterari. Nel giro di una settimana rimetteranno sul mercato il romanzo d'esordio, ingenuo e sentimentale.

Col valore aggiunto di essere stato scritto da un'assassina.

La morte sulla carta da giornale inebria, muove l'urgenza di sentirsi prossimi all'orrore, di evocare segni premonitori nelle biografie dei protagonisti, anomalie nel loro DNA o torbidi dissapori famigliari. Ecchimosi dell'anima che esortano al delitto, tenendolo a debita distanza dalla nostra legittimità di vivi.

Ma esiste delitto legittimo?

Apri un quotidiano e la morte degli altri evapora la tua, esiliando la tentazione di renderla disprezzo.

In casi come questi, solitamente scrivono che l'omicida soffriva di crisi depressive. E fortunato il cronista che trova l'indirizzo dello psichiatra, assuefatto all'ascolto di vite sciupate e disponibile per un'intervista lampo.

Vera e Nicola tenevano alla loro immagine e non avrebbero gradito la scelta.

Belli, a me sembravano dannatamente belli.

E ancora innamorati. O forse lui non la amava più e lei gli ha puntato una pistola alla tempia e subito dopo l'ha rivolta su di sé. Senza la balbettante esitazione che le increspava le labbra quando studiava l'itinerario per un viaggio, acquistava cornici screpolate, intenerita da baffi spioventi d'inizio secolo o da gote rosate di giovinette in abiti dal gusto discutibile.

Riscriveva il passato a modo suo. E guai a chi glielo toccava.

Se voleva lasciarla e non trovava un linguaggio indolore, me lo avrebbe confidato. Nicola non avrebbe mai compiuto un gesto inelegante. Lui, ma questo aspetto della sua personalità era noto a pochi, coltivava una naturale avversione per le lacrime. Al contrario, se l'avesse abbandonata, Vera lo avrebbe inondato. Se, ripeto se, l'ipotesi corretta è che Nicola si fosse stancato di lei.

In agenzia la notizia avrà già fatto il giro delle poste elettroniche. Temo che qualche impiegata avrà l'avvilente idea di aprire una chat, nel tentativo di stemperare un'angoscia che non può affrontare da sola. Erano miei amici. Allora vi prego, non fate pettegolezzi, illazioni, supposizioni. E nemmeno un necrologio collettivo, di quelli che poi dividiamo le spese.

Stiamo in silenzio. Chi crede, borbotti una preghiera.

Sfoglio i giornali con la certezza di trovare refusi. Se si esclude questa fotografia, è tutto giusto. La sostanziale parità dei loro redditi scongiura un crimine che abbia a che fare con il denaro. L'appartamento è intestato a entrambi, le rate del mutuo saldate con i diritti di una sceneggiatura. Nicola è "il suo ultimo compagno, brillante avvocato, esperto in diritto internazionale". E meno male che non hanno scritto convivente. Quando due si amano senza rumore, anche i più conformisti non usano una parola che impolvera di precarietà l'unione più compatta. Gli avvoltoi non mi hanno dato il tempo di spiegare che loro avrebbero considerato importante la foto.

Me l'avessero chiesta, almeno.

Avrei suggerito quella scattata in giardino: Nicola, stretto al braccio di Vera come all'àncora di un peschereccio, nella casa di vacanza dove lei apparecchiava tirandola per le lunghe neanche fossimo in un cinque stelle. La tovaglia di lino, che lavava il pomeriggio stesso per via dello stropiccìo, cadeva a pieghe dal tavolo ossidato. Vera spalmava marmellata di arance sulle *baguettes*, coricava il formaggio di capra su fogliame sonnolento, disponeva a cerchio more tonde come biglie sui piatti di porcellana. Io la sfottevo. Impossibile adeguarsi alla sua petulante ricercatezza e ricordare a quell'ora del mattino se il coltello va messo a destra o sinistra, vicino o dall'altro lato della forchetta. Quell'immagine avrebbe reso l'idea dell'importanza estetica di quell'unione. "Estetica" non è sinonimo di "esteriore", così come il loro amore non c'entra con il nero dell'inchiostro e il rosso del sangue, un rivolo sottile scivolato come una svista, stilla di piombo da limare con le dita agili di un photo editor.

Fisso la foto: Nicola in blazer blu, camicia botton-down, cravatta Hermès con giraffe. Vera schizza un sorriso, l'aria smarrita, gli occhi incollati a quell'eleganza. Era l'epoca del taglio sfrangiato. Cambiò pettinatura dopo averlo incontrato: scaramanzia, sosteneva. Frequentava il parrucchiere, lo stesso dove convocava me, il martedì e il sabato, ma non era una donna alla moda. Magra, allenata da un istruttore che la mattina si presentava alle sette, vestiva Romeo Gigli, un artista più che un sarto, che – secondo Vera – "non disegnava collezioni per bellone alte e con le tette gonfiate". Portava la taglia quaranta e la seconda di reggiseno.

Era una giornalista conosciuta, non proprio famosa. Timida, non reggeva dibattiti da salotto televisivo. Diceva di sé, "sono una che scrive". La meravigliava il fatto che mettere nero su bianco la sua voglia di raccontare fosse apprezzato. Il suo gesticolare calmo, costruito a forza di volontà, non schermava tuttavia l'inquietudine che Vera insabbiava in battute raggelanti per chiunque, ma non per Nicola, che la adorava perché a lui era dato di conoscerla dentro.

Non fino in fondo, visto l'epilogo.

Ronza il tremolio della voce al telefono: "Architetto, sono la Piera, la portinaia. La signora Vera e il signor Nicola sono morti".

Lapidaria. Senza alleggerire la notizia con una pietosa bugia, riferendo di un incidente stradale cui avrebbe rimediato il medico di guardia al Pronto Soccorso. Non trovo risposte, anche se non faccio altro che cercarne da quando la suoneria del cellulare ha cambiato la mia vita.

E ogni logica prospettiva per la giornata.

Alle ventidue e venti minuti erano già freddi. Non sono un esperto, ma mi ostino a immaginarli intatti.

"Non si deve piangere sulla pagina".

Questa volta sei riuscita a sanguinarci, Vera.

"Francesco, è impossibile scansare l'ironia quando la vita ti offre, per sbadataggine, uno stralcio di felicità", era oculata la sua gestione del sentimento, un patrimonio capitalizzato più sull'intelligenza che sul sentiero di un'insperata fortuna.

Non era evidentemente così.

Il giornale è steso sul tavolo come il lenzuolino di un bambino disciplinato. Al centro della pagina il titolo è in corpo 48, al piede un corsivo, firmato dal migliore cronista del *Corriere della Sera*. Uno che li conosceva, li frequentava e li amava un poco. Il suo distillato di cautela e buon senso espone in modo composto un gesto efferato.

Può un semplice dolore che puzza di vecchio diventare determinante?

Racconta una storia, annodata in una breve didascalia: "Omicidio-choc nella Milano della cultura"; "scrittrice milanese", chiosano, circoscrivendo i suoi romanzi all'appartenenza geografica, urbana, di quartiere. Il Ticinese e Brera erano le brande di fine giornata. Ci si raggruppava in qualche bar, sgangherati dopo la redazione o l'agenzia. Nicola era da record: mai meno di dieci ore. Spesso la domenica, se il cliente era da spolpare.

"Partecipo alle riunioni con diritto di parola", mi spiegava, da genio un po' fastidioso nella sua sicumera. Interminabili trattative che si protraevano per giorni e notti fino a che non era stato raggiunto l'obiettivo. Cioè siglato il contratto. Sapere, avranno saputo. La morte di Nicola sposta la pedina sulla scacchiera e già tratteggio lo sgomento dichiarato per la scomparsa dell'Associato e la certezza di occuparne il posto a fianco del Senior. Accigliato cordoglio misto a una raggelante organizzazione del personale.

Vorrei liberare il suo tavolo, ma come arrivare fino allo studio De Marinis e dire "Scusate, il mio amico è morto e vorrei fare ordine fra le sue cose"? Non mi sono mai sentito a mio agio su quello scalone di marmo, gli preferivo l'anchilosato ascensore di ferro battuto, i sedili in velluto e l'alito di muffa. Dietro una porta blindata, soffocanti boiserie, divani e poltrone Frau, librerie gravate da Codici rilegati, tappeti che accolgono, soffici come materassi, le suole della clientela. Di mestiere faccio il pubblicitario, convivo a fatica con i precetti, sono sempre stato il versante effimero di Nicola, che un giorno mi battezzò "un imbroglione con delega". Lui sì, creava sul serio: postille, imboscate, redigeva contratti più ingegnosi di uno spot.

Deviare dalla norma, questo ha fatto Vera. Ma le leggi che lui studiava alla ricerca di un'incongruenza da sfruttare con sfacciata abilità, non prevedevano un finale così atipico.

Ho una disperata urgenza di parlare di loro. Magari la nausea passa e mi allontano dal desiderio di odiarla, anche se ha ucciso il mio migliore amico.

Che ha festeggiato quarantuno anni in giugno.

Era una cena che nel lessico comune veniva definita, con miope superficialità, un combino. Fino al secolo scorso si organizzavano per matrimoni di rango. I genitori sceglievano la sposa adatta all'erede e argomenti più ricchi di significato, tipo il gusto personale, l'attrazione fisica, la bramosia di appartenersi, l'impazienza di un bacio, non erano ritenuti indispensabili.

Motivo del convivio: sostenere Michele, cinquantenne dal cuore lacerato. L'ex moglie, intellettuale ambiziosa del genere *ioholettotuttoelavoronelpiùimportantenewsmagazineitaliano*, lo aveva lasciato per un rivenditore di automobili di lusso.

Michele aveva decorato il suo fratino da pasticceria viennese, per lei. Si chiamava Sara, senza la acca, avvocato quarantenne specializzata nel salvare bambini contesi in matrimoni sbagliati. Alta e mora. Il nostro compito era dare alla cena un'aura di casualità e spingere Sara senza la acca tra le braccia del nostro amico, neoscapolo senza figli. Avevo accettato l'invito con disciplinato entusiasmo. Conoscevo bene l'affanno giornaliero dei fidanzato-privi.

E il panico in cui ti trascina qualsiasi abbandono.

Mi siedo alla sinistra di un giovanotto intravisto mesi prima all'inaugurazione di un centro sportivo. Di fronte a me, una signorina spiritosa lancia frecciate al nostro vicino, skipper in regate per soli uomini organizzate con Michele. L'atmosfera è calda e spumosa come le crocchette di patate cucinate dall'ospite con premura da debuttante, nella speranza di ottenerne in cambio qualcosa di simile all'affetto. Ricopriva Sara di attenzioni e lei non interrompeva la sua spocchia.

"Piacere, Nicola".

"Vera".

È stato il classico colpo di fulmine. Non so se reciproco. Diciamo che l'ho notato subito. Il problema è che sono ostica e inibita, una sventura di cui non vado fiera. Li trovo scemi, soprattutto. Oppure non attraenti, e nel caso siano classificabili alla voce "carini", se non superano il metro e ottanta, niente. Non scatta niente. Gli scartati riempiono la rubrica alla voce amici. Gli altri, se raggiungono la dovuta altezza e superano indenni la prova cretino, spesso dicono a me che sono troppo intelligente. Avrei tanto voluto essere oca. Un'oca molto corteggiata. E imbattermi in un tipo sereno, con poca memoria, che avesse già incontrato la morte e non ne ricordasse il colore. Uno che conoscesse l'amore senza tacerne le cicatrici.

Parlava di finanza. Per la prima volta ho trovato il coraggio di ammettere che non so cosa sia l'indice Dow Jones, per quale fiabesco motivo una cosa vale cinque oggi e dieci domani e di chiedere ragione dell'accapigliarsi con gesti da kabuki di quei tizi in camicia dalle maniche arrotolate fino al gomito al centro del salone della Borsa. Con poche frasi mi ha fulminata sulla differenza tra denaro virtuale e denaro reale. Era già qualcosa.

Ciglia dove sembra passato il piegaciglia, gengive rosate e il biancore di chi non ha mai toccato una sigaretta nemmeno per sfida adolescenziale. Fumava la pipa, infatti. Lo guardavo come se una calamita mi vietasse un diverso spostamento degli occhi.

Non accadeva da quando avevo intravisto Luca mentre le corde del suo violino parevano pizzicate da un angelo. Un abbaglio che mi portò nei pressi della rovina. Avevo giurato a me stessa di non ricascarci più, ma potevo ignorare, davanti al cherubino, l'ebbrezza che dà alla testa come un bicchiere di vodka gelata? Ero attratta da quel ragazzo come da un plico dimenticato nello scompartimento di un treno, in dubbio se curiosarci dentro o consegnarlo agli oggetti smarriti. Irretita nel suo cruciverba, ragazza stolta e impicciona, spigolavo qua e là nel piatto, a pochi centimetri da occhi azzurri declinanti al grigio. Pietre marine lanciate da uno spirito folletto su un viso asimmetrico. Lui mi osservava senza riuscire a ravvisare sulla grana della mia pelle alcuna consonanza.

"È stato un piacere conoscerti, Vera".

"Anche per me, Nicola".

È salito sulla Vespa, un eroe del mare, di quelli che hanno perigliose avventure da raccontare. Non un ammutinato dei soliti, le cui cantilene mi avrebbero annoiata fin dalle prime strofe.

L'avrei rivisto?

È martedì. La primavera simula sottomissione al calendario tra i germogli degli ippocastani, si fionda sulla pelle spiegazzata dall'inverno e illude. Nicola arriva a falcate dal fondo della via, le chiome arruffate, spia di un risveglio agitato. Ero calato dal letto alle sette.

"Non possiamo fare alle nove? In agenzia aspettano".

Il no gli si era strozzato in gola. Con un sorriso colmo di gratitudine mi afferra per un braccio trainandomi al Caffè Taveggia, materiale luogo di piacere che mi avrebbe persuaso dell'importanza di un'irresistibile notizia. Pregustavo arancini caldi e croccanti, da abbinare a un cappuccino bollente doppia crema, irritante evocazione di notti solitarie. Mi ero ripromesso giusto ieri sera di smaltire un paio di chili, ma non c'è niente di meno opportuno del trauma subìto senza conforto gastronomico. In fondo si trattava di rinviare l'impegno di qualche ora. Avrei saltato il pranzo, che significava meno duemila calorie.

E poi a qualcuno piacevo in carne.

La mattina, lo storico locale milanese è popolato di avvocati, praticanti in studi di notai facoltosi come droghieri, segretarie stampate nella stessa tipografia: tailleur pastello e camicette che lasciano intravedere reggiseno a balconcino, inutilizzabili residui di prospera fanciullezza. Le tette della tata. Indimenticabili.

"Be'...?"

Neanche il tempo di sederci e Nicola mi guarda con aria tonta, facendo a pezzi con nervosismo il primo di tre croissant, attento a non schizzare l'impasto giallo uovo sulla camicia con iniziali.

Ha sospirato con aria patetica: "Ho conosciuto una donna".

La confessione non aveva sbeccato il suo sorriso che a quel punto della giornata, iniziata per me a un orario che avrebbe tollerato ben altre emergenze, assumeva le asprezze di un ghigno.

"Mi fai alzare all'alba per una tizia? E che potere magico avrà mai questa signorina perché io subisca una simile violenza? Mica ti telefono ogni volta che mi porto qualcuno a letto!"

"È una donna, non una qualsiasi".

"Capisco. So bene che al di sotto dei ventidue anni scatta la censura".

Lo avevo offeso. Errore sciagurato quello di sottovalutare quel genere di confidenza. Superficiale Peter Pan, avevo lasciato a casa la mia riconosciuta sensibilità.

"Veniamo al dunque: cosa ha di speciale questa signora che mi auguro sia signorina, zitella, vedova, separata?"

"Francesco, grazie di essere qui".

"Prego, figurati, a che servono gli amici se non a sfogarsi alle otto del mattino?"

"Se mi innamoro è finita".

"Non è grave, solo non bisogna innamorarsi di quelli sbagliati. La signorina è giusta o sbagliata? I sintomi li conosci: sudore, palpitazioni, tremolii. Pensiero ossessionante, soprattutto. E a letto?"

"Non siamo ancora a questo punto".

"Dove siete, allora?"

"Al cinema. Excelsior, proiezione delle venti".

"E che ci faceva la signora, mi auguro vedova, al cinema da sola?"

"L'ho incontrata a una cena e dopo qualche giorno le ho telefonato. Zona neutra, no?"

"A vedere cosa?"

"Ma cosa c'entra il film adesso? *Racconto d'inverno* di Rohmer. Mica potevo portarla a vedere *Rocky IV*".

"Insomma parla, Nicola, i fatti. Contano quelli".

"Fai tu le domande".

"Procediamo con ordine. Occhi? Bocca? Vestiti? Professione? Perché ce l'ha un mestiere, vero?"

"Franci, smettila... Ha occhi scuri, capelli castani, lisci. Bocca carnosa. Non è alta, ha un corpo armonioso e sottile. Ah... veste benissimo".

"Che genere? Gonna e camicia? Pantaloni? Sportivo scarpa bassa o tacchi da vampira?"

"Non ho ancora frugato nel suo armadio".

"Uhm... Tu sei uno che le squadra da capo a piedi. E se non hanno gusto, le scarti senza nemmeno scambiarci due parole. L'hai detto tu che veste benissimo".

"Sembra una francese".

"Scusa, ma questa elegantona di Chartres, cosa fa?"

"È giornalista e ha già pubblicato con discreto successo, ma in questo momento il suo curriculum è l'ultimo dei miei pensieri".

"Un'intellettuale da boutique, di ascendenze francesi, che scrive. Bene. Vi rivedrete?"

"Ha un nome che le somiglia: si chiama Vera. Ho passato la notte con gli occhi appesi al soffitto..."

"Nicola, sei finito, ma sono davvero contento per te. Erano mesi che non ti vedevo così sorridente e angosciato".

Non c'è niente di peggio di un cappuccino tiepido, la mattina in cui una sconosciuta ti sta sfilando dall'agenda due partite di tennis la settimana e hai la granitica certezza di avere perso un amico a cui telefonare nel cuore della notte, perché l'ultimo dei disgraziati se n'è andato dal tuo letto e la tua faccia è peggio di quella di Bette Davis prima di passare al trucco.

Nicola si stava innamorando di una donna.

Che mi auguravo, almeno, non somigliasse a Biancaneve.

VERA

Sembrano passati secoli dall'ultima volta in cui sono andata al cinema con un ragazzo. Metodo efficace per sognare senza chiedere permessi, era l'appuntamento del giovedì con le amiche. Di solito eravamo in tre. Pioveva. E Nicola è arrivato in ritardo. Le macchine zampillano fanghiglia su quelle come me che, sprovviste di patente di guida, camminano e basta.

Sono agitata perché un giovane uomo mi ha invitata al cinema. Uno di cui non so praticamente niente, tranne che è junior partner in uno studio legale e adora la barca a vela. Un po' poco per considerare un film per quel che è. Eppure nulla può sconfessare l'opportunità nella quale mi sono cacciata questa sera, con la cecità di una minorenne biologicamente predisposta all'influenza amorosa.

"Due biglietti".

Le banconote croccavano fresche di Bancomat. Non ho preso nemmeno per un attimo in considerazione l'idea che farsi pagare il cinema lo avrebbe mortificato. Per l'anagrafe sono una signora e ho ancora l'aspetto di una quasi ragazza. Con gli anni non invecchio. Miglioro. Ho competenza, il che può rappresentare un vantaggio. Prima del rituale di restauro, avevo controllato le rughe. Umana reazione femminile al panico da primo incontro. I preparativi sono stati minuziosi. Le microparticelle leviganti e le fiale a effetto lifting, che dopo dieci minuti la pelle tira come se ci avessi spalmato un dito di vinavil, sono prodigiose. Dopo un'ora mi sentivo irresistibile. Ci sarebbe stato il tempo, se mai la vita lo avesse richiesto, per elaborare strategie che devono durare *pertuttaladurata* della prima volta. Che a venti o a quarant'anni semina la stessa quota di terrore. La scarsa illuminazione della sala rinfranca le ex ragazze perché elude la realtà. E poi ho rughe sottili concentrate intorno agli occhi e alla bocca, tutto qui.

I titoli di testa scorrono su una spiaggia della costa francese. Nicola ama il mare, da ragazzino la madre lo portava in Normandia: Deauville, Trouville, Honfleur. È stata una delle sue prime confidenze. A dire la verità l'unico accenno. Spero che non abbia citato la Normandia per furberia, difetto che mi insospettisce dai banchi del liceo: lo avevo messo al corrente della mia venerazione per Proust. Di sua madre aveva anche rivelato che lo infastidivano i potenziali amanti. Incestuoso, la mattina controllava le lenzuola. Era orfano di padre. Argomento spigoloso, la famiglia, di solito entra in gioco successivamente. Tanto gli effetti dell'albero genealogico prima o poi vengono a galla.

"Scusami, c'è un traffico pazzesco e non ho l'ombrello".

I ciuffi, castani con sfumature biondastre, gocciolavano. Anelli setosi. Da toccare.

Frena, Vera.

"Popcorn e coca-cola o cornetto cuore di panna?"

"Popcorn e coca-cola, sì".

Ho quarantasette anni e sto seduta vicino a un ragazzo umido di pioggia a mangiare popcorn e a bere coca-cola tirandola su da una cannuccia di plastica a righe. Avverto in gola qualcosa di molto simile a una strettoia polverosa.

Provo con lo yoga, che non fa rumore.

La sfida con il mio antagonista naturale, l'innamoramento, è ufficialmente aperta. Mi considero una donna fortunata. Anzi, stasera sono una ragazza fortunata. Fino a ieri, un relitto. Bevo coca-cola e mangio popcorn, dopo avergli detto "non posso, ho un impegno, devo lavorare" per tre volte. Il test di routine. Se arrivi alla quarta e ti richiamano, è fatta.

Fatta cosa?

"Cogli l'attimo", dice Gabriella.

A me, in questo momento, mi sembra di volerlo per tutti gli attimi che mi restano.

Sono riuscita a superare incolume l'attesa di una telefonata. Sono un'esperta della regola: tre chiamate prima del sì. "Cinque minuti al sipario", gracchia il microfono in camerino, avvisando il solista che i riflettori sono caldi. I secondi corrono rapidi fino all'irrevocabile annuncio: "Mesdames et messieurs le spectacle va commencer".

Persino l'avvenimento più negativo è riscattabile e prima o poi torna utile. Innocenti. E bugiardi. E la cicatrice di quello schifo di storia? Cosa ne faccio?

Fai fruttare il passato, Vera, le lesioni interne restano invisibili.

È servito a non scapicollarmi a comporre il numero per prima. Aveva preso un appunto veloce sul pacchetto di sigarette di Michele.

Avverto la tensione del suo corpo, incuneato nel panno rosso cardinale della poltrona. Le pupille brillano nel buio. Un gatto. Sto eretta, io, alla sua sinistra.

"Lentino, eh..."

Uno sprofondo. Mai proporre un titolo se non conosci gusti, temperamento, personalità della preda. Adesso penserà che l'ho portato a vedere una storia romantica per irretirlo. Confondere film e realtà è un attimo. Ehi, un momento, ha telefonato lui. Mi ricompongo.

Aspetta, cretina.

Con movimenti impercettibili mi sposto verso il maglione. Sfioro col pensiero il languido tepore della lana e ne intuisco la pastosità. Avvocato in uno degli studi professionali più importanti della città, con sedi a Londra e New York, un enfant prodige.

Il ragazzo sguscia la mano, la appende tra le mie e se la poggia in grembo. Se ti irrigidisci al primo contatto, segni una via senza ritorno. A volte capita che baci sulla guancia qualcuno che resta rigido, genere palo della luce. Tu ti sei esposta e spinta oltre l'imbecillità, perché hai dato confidenza senza che nessuno te la chiedesse.

Ah, lo stridio dei violini nella colonna sonora. Abolite gli archi dalle partiture, per favore. Emanano un suono rancido.

Nicola ospita la mia mano, io penzolo, morbida e impassibile, in una posizione che col passare delle sequenze si fa sempre più disagevole. In amore vince chi soffre e io accolgo senza cigolare un indecente messaggio di tenerezza.

Il primo trentaquattrenne della mia seconda vita mi accarezza il polso, massaggiato con crema alla glicerina e olio di aloha. Avverto metodico e regolare il suo respiro, che batte lieve, disegnando cerchi propiziatori con polpastrelli di velluto.

FRANCESCO

In una settimana avevo messo su una squadra e organizzato un torneo di calcio. Si giocava duro: legali versus pubblicitari, un manipolo di giovani non ancora uomini che sul prato spelacchiato del campetto scaldavano i muscoli con saltelli sul posto. Loro, gli avvocati: divisa in acetato blu elettrico, calzoncini bianchi, calzettoni coordinati alla maglia. Se avessero avuto tempo, avrebbero composto l'inno. Noi della pubblicità eravamo un'emulsione cromatica: diversificare l'abbigliamento tra giocatori rende più compatta una squadra.

È finita tre a tre. Non vedevo Nicola da due settimane.

"È per via di un contratto: il capo ci ossessiona".

Quel contratto si chiamava Vera. Io morivo dalla voglia di vederla, ma resistevo per irragionevole presunzione maschile. Invidio le donne: imbastiscono intrecci letterari a poche ore da un incontro, montano una trama, arrivano al primo bacio con cinque opzioni in preventivo e riescono a imbroccarne almeno una.

Nicola e io non siamo mai riusciti a farci una confidenza filata. Lanciamo sassi, accenniamo, lasciando all'altro il compito di formulare il seguito.

Seduto sulle panche scassate dello spogliatoio, avevo i muscoli strizzati da litri di acido lattico, il fango pizzicava la pelle.

"Ho bisogno di una casa".

"Ti hanno sfrattato?"
"Scemo. È libero l'appartamento di Londra?"
"Certo che è libero, perché?"
"Mi piacerebbe invitarci Vera. Non l'abbiamo ancora fatto. E Londra mi ispira".
"Non avete ancora fatto sesso, intendi? Nicola, non ti riconosco più!"
Mi inteneriva al punto che gli avrei passato il cottonfioc tra le sopracciglia accartocciate di terriccio. Siamo stati fortunati: gli volevo un bene dell'anima, ma non mi ero innamorato di lui.
Nicola era uno specchio nel quale mi riflettevo, simile ma con salvifiche differenze. La sua iride è cangiante, passa dal grigio all'azzurro, io sono fermo dalla nascita al marrone cognac. Mai una riga di invidia. Segno di un'amicizia sana.
"Hai notato le cosce di Pedrazzoli?"
"A me piacciono le donne. E Pedrazzoli ce le ha tozze".
"Muscolose, da calciatore".
"Me lo presti?"
"Chi?"
Se lo vedevo in imbarazzo, fingevo di non capire per farlo stare peggio.
"Certo. La possibilità di fare sesso non si nega a nessuno".
"È che mi sembra proprio di tenerci. Mi sorride un weekend col tuo camino acceso. Non so se funzionerà".
"Non so se funziona, non lo utilizziamo da anni, quel camino. Se lo dico io, che sei chiuso come una cozza, ti inalberi. Quella donna ti sta prendendo più di quanto immaginassi. Concordo con la terapia d'urto: vai a Londra, stai con lei per due giorni di fila e se reggete la convivenza, ne riparliamo. Altrimenti ci dai un taglio. Di cosa hai paura? Dovrebbe leccarsi i baffi, ha recuperato uno dei giovanotti più carini di Milano. Una chance mica da poco... alla sua età".

"Sei inacidito, Francesco. La offendi. Ti piacerà, invece, vi somigliate in molte cose..."

Prestargli l'appartamento mi aiutava a non sentirmi estromesso dalla sua storia. Vera mi stava antipatica. Perché non me l'aveva ancora presentata.

"Spero di farcela. Avvisi in studio che parti per il fine settimana e ti fanno sentire in libertà vigilata. Si sentono padroni della tua vita".

"Nicola, non devi mica sposartela. Ho un'idea. Vi accompagno all'aeroporto, un incontro informale dà meno nell'occhio".

"Il primo volo sarà alle otto, è l'alba per te..."

"Se ti dà fastidio..."

"Potresti venire a prenderci al ritorno, lunedì mattina..."

Vera dettava legge. Ne ero geloso, fratello minore escluso da una partita di Risiko.

"Chiamerai se ti servirà qualcosa?"

"Non fare quella faccia, dài... Augurami buona fortuna, piuttosto".

"Speriamo non ci sia nebbia a Malpensa".

VERA

"E adesso non cominciare!"

"Cominciare cosa?"

"A guardare tutto questo con l'occhio astigmatico della romantica".

"Parli da cinico".

Il Parco di Kensington era ricoperto di una patina cinerea che imitava un esangue acquerello di Turner, di quelli che non aveva voluto andare a vedere perché – diceva – "di Turner sappiamo tutto, bisogna informarsi sui contemporanei".

Le mie lacune in campo artistico acuivano il disagio per non avere studiato storia dell'arte con la dovuta attenzione. Non c'è nulla di peggio che ritrovare in sé stralci di impressioni giovanili e non mettere a fuoco il dipinto cui si riferiscono. Il paesaggio era creta da plasmare. Nicola lo vedeva stilizzato. Sosteneva che solo una mente limpida allontana le seccature. La mia lotta con lui in questo genere di faccende si annunciava impari, perché dopo estenuanti trattative sarei rimasta a corto di argomenti. Questo lo avevo già capito.

"L'emozione non ha regole, se non quelle di provocare il piacere dell'ignoto. Secondo Platone agiamo al novantacinque per cento rincorrendo la ragione e per un seccante cinque per cento dominati dal caos. La fonte chiara di una possibile felicità è racchiusa in questa irrilevante percentuale".

"Appunto, Vera, percentuali. Non si riescono a calcolare con decente approssimazione".

Un combattimento di fioretto, stando all'esordio. Pregavo di sbagliarmi. Almeno sulle percentuali.

Rinserro il cuore, la testa, le orecchie gelate e mi concentro: ha chilometriche gambe avvolte nel fustagno beige.

È da maleducati stare un passo avanti. Neanche fosse la Regina Madre.

Il lago che sta proprio di fronte al palazzo è una tavola color tortora. Fuggiasco impertinente, ci poggia la punta della scarpa, tastandone la crosta. Un buon motivo per sfiorargli il gomito nell'innocente tentativo di salvaguardarlo da una pericolosa scivolata. Non credo voglia essere protetto. Forse qualcuno ha insegnato anche a lui che i bambini intelligenti devono cavarsela da soli e che nulla può violare la patina sottile che avvolge il loro mondo.

Un ragazzo di gusto, aveva commentato Gabriella davanti al mio imbarazzato annuncio: "Parto con lui per quarantotto ore".

"Sesso a go-go", aveva ironizzato.

"Spero sia qualcosa che abbia a che fare con l'amore, Gabri. Non ci faccio conto da troppo tempo".

"Guarda, Nicola, i cigni sono laggiù. Non puoi negarlo: il cigno *è* l'animale romantico per eccellenza. Pensa a Ludwig di Baviera, al principe Sigfrido. Anna Pavlova li guardava nuotare e ne studiava i movimenti. Lasciò dietro di sé un pubblico adorante".

"Vera, Ludwig è morto pazzo, solo e disperato".

La consistenza dell'acqua davanti a noi lo allarmava. Provavo un'insana pietà verso quello spirito intrappolato nel ghiaccio. Sarebbe stato inutile tendergli un agguato verso il turbamento. Meglio camminare a qualche passo di distanza. Infonde possibilità di fuga. Scomparire. Non ho le chiavi della casa di Francesco, un trilocale a Kensington Court ereditato dalla nonna. Il proprietario di quella mansarda dalle scale strette come cunicoli, pubblicitario espansivo con qualche problema nella gestione degli affetti, era stato il tema del Milano-Londra.

"Il padre era un costruttore che sognava per lui un futuro da architetto e arredatore. È morto senza sapere che il suo unico figlio avrebbe perso la testa per i ragazzi".

"Dovrebbe essermi tutto chiaro, allora?"

Non ho la chiave del suo cuore. Riesco a malapena a tenere saldo il mio con una disciplinata attività del diaframma. Apnea. Torpore. Segregazione. Impotenza di non potere accedere al modello. Mi specchio nell'acqua, mi vedo goffa, cigno che non ha ancora trovato la sua compiutezza, un animale asessuato, incapace di allungare il collo con l'altezzosità dovuta al rango. Ho l'impressione di calzare zampe palmate anziché stivaletti in capretto. Eppure ho esaminato con cura il guardaroba con l'obiettivo di fargli imboccare il sentiero della dichiarazione. Una specie di fidanzamento. Anche a tempo. Gabriella ha dettato una didascalia da servizio di moda.

"Porta con te poche cose, ma sicure. Capi che segnano la figura, tinte neutre: nero, grigio, bianco".

Che non avrebbero urtato la sua sensibilità.

Te lo meriti, Vera.

Non c'è niente di peggio che dare disturbo alla vista di un miope, che un giorno aveva eliminato da sé il salvacondotto del canale lacrimale. Insostituibile anfratto di pace. Nonostante si fosse sottoposto alle visite dei migliori oftalmologi italiani, nessuno aveva capito la ragione di quell'insolito handicap. Nicola aveva i globi oculari asciutti e senza più potersi godere il gusto gommoso di quelle originali, ne produceva di artificiali con litri di collirio verdino.

"I cigni sono sgraziati, tesoro".

Diceva "tesoro" con la esse dura.

"Io provo pena perché hanno pochi centimetri quadrati per nuotare".

Non esiste fiaba senza cigni prigionieri. E principesse in attesa di rospi generosi. Dagli occhi che non piangono più. Non cammina proprio. Ciondola. Bipede ammaliante da cullare, provando a infondere fiducia in un femminile che chiede in cambio di non manomettere i sogni. Eppure – giurava – gli piacevano minute, more e magre.

Camminava argomentando sulle infinite possibilità di set cinematografici, nei quali racchiudere boccali di un'infanzia felice.

"Che genere di film?"

"Non so ancora. Ma sarà un capolavoro".

Ha la capacità delle persone intelligenti di non farti mai capire quando scherzano e quando fanno sul serio. Io faccio sempre sul serio.

"In questi viali passeggiava la regina Vittoria, Nicola, la sovrana ha regnato indiscussa per sessant'anni. E pianto il marito, fedele e inconsolabile, riparando dopo anni il suo orribile aspetto sul petto villoso di uno stalliere".

La soluzione sta nel ceto. Meglio povero e disgraziato, che benestante e altezzoso. Segretamente infatuato di sé, senza sapere che quel sé ha qualcosa di fatato.

"Sei meglio di come ti racconti, Nicola".

"Do il peggio, all'inizio. Così il resto è in discesa".

"All'inizio di che?"

"Di una storia d'amore".

Sfrontato. Con l'età, pur di non cedere all'oltraggio dell'espressione romantica, ti affanni con sinonimi e metafore. Se non mi fossi sottratta per tempo a quella morsa, avrei sanguinato.

L'anatroccolo arrancava con le zampe, incerto se salire sul picco davanti al becco o trattenersi ammassato ai suoi fratelli dalle piume bagnate. In attesa che l'ala di un cigno inzaccherato lo portasse in salvo.

"Possibile che tu non abbia in mente neppure un canovaccio?"

"Conta impadronirsi della tecnica, comprendere il linguaggio. Poi ciak, si gira".

Vuole girare un film e fa l'avvocato. Come a dire: asseconda il tuo talento senza fare caso alle contraddizioni.

L'oscurità e il caos confondono i pensieri spinosi nei quali cerco di muovere passi nuovi. Penso alle fodere bianche del divano che Francesco ci ha pregato di sostituire a quelle logore, monito e ricordo di mesi passati a caccia di un'identità sessuale che stentava a mostrare coerenza. Si era invaghito del barista di un pub, a Piccadilly. E granitiche certezze costruite per ribattere a un padre autoritario, avevano cominciato a vacillare dietro il sedere rotondo di un uomo, rendendo meno appetibili i seni della sua fidanzata, che naturalmente piaceva molto ai suoi genitori, ma non a lui. Il divano di casa rivestito di candore avrebbe rimesso le cose a posto.

"Hai mai provato tu, rospo senza mistero, a cogliere la tua bellezza?"

"Io sono perfetto".

Lo seguo da vicino, mentre cammina attento a non infangare il camoscio delle sue Clarks. Ingoio la bruma. Lascio che il passato rimanga inciso nell'ombra di una vecchia storia. Dolorosa e scortese.

FRANCESCO

L'impaginazione riflette una gerarchia nelle notizie, dovrebbe indicare in buona sintesi una scala di valori. Mi chiedo quale è la dottrina che ha ispirato la scelta di questa fotografia. Per ottenere un'apertura avrebbe dovuto competere con le dichiarazioni di un Ministro, l'ennesimo attentato, il tremolante appello del Pontefice, l'andamento delle Borse, numeri ai quali Nicola dedicava la prima mezz'ora della giornata.

Avrebbe dovuto essere più cruento.

La notizia non sta tanto nell'assassinio, quanto nel fatto che i giornalisti descrivono un legame che non prevedeva strappi. Dai tabulati che ricevo in agenzia, in teoria il pubblicitario sa a chi rivolge il messaggio. Non so in che categoria inserirli, non trovo la casella da barrare né il segnale di un blackout della ragione. Per riempire righe i cronisti ripercorrono rancide storie consumate in una società nella quale i delitti dovrebbero stare al loro posto: tra le puntate di un feuilleton o di una pellicola in bianco e nero, relegati in caseggiati dove scorrono vite fuori mano. Mimetizzano l'omicidio tra ritagli di archivisti accorti e figurine seppiate, omettendo che ogni vita ha la sua trama e non ce n'è una uguale all'altra. Orecchini che pendono dai lobi di incantevoli signore, collier di brillanti e frantumi, guanti di raso al gomito.

Occhi felini, da femmine spietate.

1913, la contessa Maria Elena Oggioni Tiepolo uccide l'attendente del marito sparandogli a bruciapelo. Tutto il paese sa, è il suo amante, ma il giudice stabilisce che la contessa ha sparato per difendere il suo onore. Assolta.

1948, delitto "dell'ermellino": durante una festa a Villa d'Este, la contessa Maria Pia Bellentani estrae una rivoltella dalla sua pelliccia e spara all'amante. Cerca di uccidersi, ma l'arma si inceppa. Il movente: passionale.

1970, delitto della contessa Anna Fallarino, massacrata, con il suo amante, dal marito, il marchese Camillo Casati che si uccide con un fucile da caccia Browning calibro 12. Il movente: passionale. Colpevole non perseguito per morte del reo.

Vera e Nicola non hanno nulla in comune con questa ferocia passata alla storia. Quelli, un movente, l'avevano. Vera? Rivangano, becchini in attesa dei comunicati stampa della Questura, intervistano i vicini, setacciano il tribunale a caccia di avvocati che incrociavano i passi di Nicola, tormentano i camerieri delle trattorie dove i due cenavano la sera, quando il supermercato era chiuso. L'etichetta "Milano-bene" che qualcuno affibbia loro con insolente superficialità, annega nell'inchiostro. I più fantasiosi riproducono la mappa della Chinatown milanese, "contrada dei loft" che ormai fa tendenza.

Non è un delitto perfetto, nel quale il cadavere scompare. In questo caso i corpi parlano, ma non li ho visti e all'obitorio no, non ci vado. Saranno pallidi come il legno della loro bara, nel gelo di una cella frigorifera dell'Istituto di Medicina Legale, un edificio in stile littorio circondato di platani.

Niente spalla, ma un taglio medio, con rumoroso richiamo in cronaca. La foto non ha semplice funzione decorativa. Messa lì, significa. Chi sbircia la pila all'edicola potrebbe formulare ipotesi distorte e confinarla nel recinto di chi ha odiato senza darlo a vedere. Non è un'istantanea, che avrebbe un contenuto emotivo elevato, né un autoscatto, contrassegno privato del momento più privato che c'è. Vera era solo vanitosa e scriveva per comprarsi le case, delle quali noi approfittavamo, nucleo famigliare artificioso. Ognuno impersonava il personaggio preferito: a seconda dello stato d'animo potevi essere padre, figlio, cugino, o un parente alla lontana, quando ti sentivi un outsider.

Mi avessero chiesto la foto, almeno. Avrei scelto quella di un'estate qualunque che profumava di lavanda bagnata. Allargando l'inquadratura si vedrebbero il giardino, gli ulivi curvi e i girasoli arrancanti e secchi. Non si scaldava davanti alle avventure estive che l'afa insistente e la crudele bellezza dei tramonti sul Luberon istigavano in me. Nonostante i suoi tentativi di mettermi in coppia fossero falliti, apriva volentieri la casa ai "pronostici erotici di Francesco". Li invitava a cena solo se la autorizzavo. Se l'era presa un'unica volta, trovando un preservativo usato dietro il garage. Perché il sesso usa e getta la disgustava, "cosa ti resta Francesco di un corpo afflosciato nel piacere se, dopo, non puoi farci quattro chiacchiere?"

Repubblica ha pubblicato una foto a colori, scattata in redazione, occhi ardenti, trucco appena accennato. Doveva essere una giornata felice per lei, le si erano distese persino le due rughette verticali tra le sopracciglia, ma quello è il suo giornale, ci stanno attenti. All'interno, una doppia pagina. Disposte l'una di fronte all'altra, impaginate simmetricamente, due sintetiche biografie, divise da un colonnino su fondo grigio. Una collega regala una sintesi che non infierisce.

La gioia di scrivere offuscata dalla malinconia

Conoscevo Vera da vent'anni. È nero di fuliggine milanese il colore della fine, mentre butto giù un pezzo nella stessa stanza qui al giornale, da cui insieme volevamo scappare per andare chissà dove. Il più delle volte le nostre fughe si risolvevano in uno shopping e un caffè con panna. Non le sarebbero piaciuti i narcisi freschi di fiorista accanto al ritratto di Nicola sulla sua scrivania, vuota di lei e sovraccarica di riviste patinate, comunicati stampa, titoli conservati sulla parete come esempi di svarioni da non imitare, l'idratante e la matita nera, il pupazzo di rospo che le regalai quando mi confidò di essersi innamorata di un principe. Lo stesso che ieri ha ucciso, incapace, forse, di sopportarne la bellezza. Indossava la malinconia come una spilla appuntata sul bavero della giacca. Melanconia, la chiamava, con l'aria di una snob scesa da una carrozza a cavalli. Spudorata e invadente, talvolta troppo brusca, era una brava giornalista. Esisteva per i centralinisti, gli inviati, i collaboratori cui prestava la sua scrivania se era fuori per servizio. Non passava inosservata e curiosava troppo: "deformazione professionale", si difendeva. Non potevi limitarti a sopportarla. Di chi muore si elencano virtù omettendo i vizi, ma voglio scansare la retorica che accompagna il lutto perché Vera, di difetti, ne aveva tanti. Alle riunioni di redazione parlava anche se non interpellata, rispondeva se non era d'accordo sul taglio di un'inchiesta, brontolava con chi non dava abbastanza peso a un'idea che lei, e magari solo lei, riteneva essenziale al giornale. Una rompiscatole, una capoclasse che meritava i galloni.

Mi è difficile assoggettarla alle regole della commemorazione giornalistica, mi sembra di approfittare di una confidenza: era capace di ascoltare con partecipazione gli strazi amorosi di un'impiegata e suggerire strategie di cosmetica e stili di vita, cercando soluzioni per tutti, tranne, forse, che per se stessa.

L'incontro con Nicola l'aveva cambiata. In meglio. Le aveva regalato la speranza. Credo che la sua ansia di vivere quell'amore fosse pari alla paura che il sogno svanisse. Ho conosciuto da vicino la forza del loro legame e, se ci penso, il dolore si fa doppio: per due persone che lei ci ha strappate e per chi la piange. Quell'amore le ha tolto la vita e a noi, che non ci siamo accorti che qualcosa dentro di lei si era spezzato senza rimedio, resta l'impotenza per non avere capito. Solo lui avrebbe potuto avvertire le malate ombre del suo animo o quelle che Vera chiamava "farfalle sullo stomaco". Il tramite tra la vita e la morte, anche quella di un amore, era impervio per lei: non era in grado di sopportarne la precarietà, ogni incontro era "per sempre o mai più". Si muoveva tra questi estremi con aggressività e sense of humour, che celavano sentimenti inadatti ai tempi. La sua allegria intermittente era del colore instabile del mare, era un lalique portato a infrangersi per nulla e ora che si è rotta per sempre ha lasciato a noi il compito di ricomporne i cocci. Ci deve restituire il suo coraggio, ci serve il suo talento, adesso: serietà e cocciutaggine che trovavano il volo nell'aggettivo più astuto, nel calembour, nella stroncatura di uno spettacolo. Oggi, più che la sua morte conta l'impatto con il nostro sentirci soli. È l'assenza, il delitto. L'assenza è il risultato di un omicidio-suicidio. Lascia unicamente silenzio e paura. Dovrò ricordarmi io, adesso, di innaffiare il geranio sul davanzale della finestra, qui al giornale. Tanto so che è inutile aspettare che Vera ritorni.

Di Nicola hanno pubblicato la fotografia della patente, taglio fresco di barbiere e il sorriso di chi si è imbucato in una macchinetta della metropolitana all'intervallo di pranzo.

La mia stizza progredisce verso l'ansia, scivola verso l'angoscia. Non ho risposte.

Vado a casa loro.

VERA

Tiene il cappotto abbottonato e la sciarpa infagottata come una benda. Le emozioni si fermano se premi proprio lì, all'altezza delle corde vocali. St. Martin in Fields è affollata di gente qualunque. Niente a che vedere con la prosopopea del pubblico dei concerti in Italia, che traveste di fruscii setosi l'incapacità di ascoltare senza tossire. Qui ci vengono dopo il lavoro con il sacchetto della spesa: calorie per lo spirito e poi a casa, davanti a un porridge o a una fetta di pane tostato spalmato di burro salato o a bere birra rossa in uno dei pub che affumicano il quartiere.

I capelli di Nicola guizzano indisciplinati intorno alla fronte. Stanno in bilico tra il bianco e l'oro per via delle candele che illuminano il suo profilo in controluce e la cupola della chiesa, sopra di noi. Non è mai pallido e in questo frangente, a essere terrea, sono io, ma il programma lascia intendere che la musica sia calcolo.

"Questo è Haendel".

"Purcell, Vera. Gli inglesi amano molto questo pezzo".

Touchée.

Adoro la sua inaffidabilità. Potrebbe essere perfido, invece.

Tutti i ragazzi lo sono.

Voglio solo che mi prenda in considerazione. Per riconsegnarmi la sua incoscienza. Ammesso che lui l'abbia mai perduta. A me avevano persa tutti decenni prima.

Si sdraia sulla panca quando il pezzo non gli piace. Altrimenti scatta su, rigido come il bastone di un vecchio e osserva i manici e i ricci intagliati che gli archi impugnano senza mitezza.

"Il primo violino è supponente e molliccio, Vera".

Ha ragione. Mai dare troppo retta a un violinista. Anche quando è alto, ha un naso importante e ti ha guardata almeno una volta con intirizzito affetto. Nei momenti di generosità pensavo che il mio ex fidanzato, un violinista, avesse un organo pulsante lì dove dicono stia il cuore, ma non avevo curiosato abbastanza nei suoi trascorsi di bambino, cresciuto a Verona, sull'argine del fiume dove passava ore a studiare le note. Penso sempre che dietro a un adulto ci sia la storia di un bambino. Dovrò ricordarmi di chiedere a Nicola il suo album, dalla culla alla toga, con tutto quello che c'è nel mezzo.

Il mio violinista si chiamava Luca. Si era presto abituato all'isolamento, formidabile forma di salvaguardia a disposizione del secondogenito di una famiglia di sei figli. La sorte gli aveva negato di essere il primo e aveva cercato ogni scorciatoia per diventarlo. Ma era rimasto in fila, senza lasciarsi rimboccare dalla prodigalità della musica che pure aveva scelto come riscatto sociale. Pensava che reiterando senza sobbalzi il movimento del polso con l'archetto si sarebbe messo in salvo. Tentai di trasformare il nostro incontro in qualcosa che avesse l'eco della relazione amorosa. Nelle sue giornate di musicista perbene, si aggrappava agli obblighi e allo strumento per alleviare il dolore di ascoltarsi. La sua ristrettezza di vedute selezionava ciò che era decisivo alla sopravvivenza. La rendeva persino bella, a patto – mi ripeteva con rabbia quieta – di continuare a ignorare le cosiddette "grandi verità".

"Hai mai saputo, tu, cos'è un vero musicista?" chiedo a Nicola.

"Da quel poco che so, non è finita nel migliore dei modi..."

Istigare un nuovo amante evocando fantasmi stimola la competizione.

Quando imparerai a tacere, Vera?

Imploro che non solletichi questioni di cui pentirsi. E pensi a me.

Per quale altra ragione portarti a Londra a spese sue?

È che non avendolo visto nudo, non ho elementi concreti sui quali fantasticare. Siamo incagliati nel limbo delle parole. Non c'è stato abuso di intimità tra noi, galleggiamo nell'intreccio di carezze ricamate sulle spalle e baci da ouverture che hanno la forma di una nube in attesa del temporale. Ho qualche dato: indossa loden verdi, camicie a righe, giacche blu, pantaloni grigi con risvolto o jeans di velluto a coste, scende ad aprire la portiera dell'auto, lasciandoti in crudele attesa del verdetto.

Gli piacerò fisicamente?

Si chiama Nicola. Era il nome del miglior amico di suo padre, morto ventenne per un'immersione nel Mediterraneo davanti a un genitore disattento.

"Vera, piacere".

Sono passate quattro settimane. Tre settimane, cinque giorni e una manciata di ore, per la precisione. Tanto ci ho messo per rimorchiarlo verso questo conclave che assomiglia all'amore. Al terzo appuntamento mi aveva baciata, esitando in una sequenza punteggiata di pause, di quelle che tra l'una e l'altra ti chiedono con eccesso di educazione "se possono continuare".

"Eccome se puoi continuare".

Perché poi venire fino qui nella brutta stagione, per supporre con immarcescibile pessimismo che è inutile sperare in qualcosa di semplice e trasparente? Un'anestesia che se sbagliano la dose sei spacciato. Perché non durano. Gli amori sono brevi.

Spio il ragazzo allungato, mentre Vivaldi confonde le stagioni del cuore con quelle della ragione. Di profilo il suo naso è ancora più aristocratico. Non so cosa distingue un naso plebeo da una nobile cartilagine, ma del suo non si sarebbe mai detto che fosse da povero. A punta, ben scolpito, con narici proporzionate al resto del viso. Iridi cristalline quanto basta per lasciarti credere che ci si possa fidare. E se anche Nicola, come Luca, omettesse? Occultare, questo era lo scellerato patto cui ero stata ammansita, e, soprattutto, ripeteva "niente domande impertinenti, del genere 'quando ci rivediamo?'"

Dopo la prima bugia non è esistito altro che mera ripetizione.

Veglio su Nicola voltata verso la signora con il basco nero, alla mia destra. Metto le mani avanti e mi concentro sulla matematica. In fondo non è Brahms e non so ancora se sa che l'irsuto Johannes perse la salute mentale per Clara Schumann, impalpabile piuma di colibrì, e per consolarsi scrisse capolavori.

Lui scrive contratti.

Nessuno gli ha dato il permesso di stendersi in una chiesa e sedurmi con il suo battito. Poggia i talloni sul legno piegando le ginocchia con immodestia. Il movimento del suo busto mi distrae. Non posso spogliarlo in un luogo sacro.

Sono una debuttante, nel ruolo dell'amata. Di solito amo.

Open to Everybody, è scritto su un cartello all'altezza dell'altare. Difatti qui si fa musica in modo democratico. Poche sterline e ti regalano una quota di Paradiso. Le mani parallele, le dita affusolate quanto basta per non essere troppo femminili danno una foggia armoniosa a un corpo non proprio aggraziato. Fa freddo, ma vorrei spiegargli che non si sta in chiesa col cappotto, in posizione da dormitorio.

Nondimeno in questo sta la sua malìa.

Chi l'avrebbe detto, Vera, e che ci fai qui, con questo tizio che ti ha spiegato che occorre aspettare la fine perché l'"inverno" è l'unico brano accettabile delle *Quattro Sta-*

gioni? Gli piace anche il rock. Strimpella la chitarra a volume impossibile, cantando.

Questi sono i fatti. Ridimensionare è un allenamento quotidiano. Su questo fronte sono migliorata, faccio scelte indipendenti, anche se non riesco ancora a spiegare a un bambino quale sia la sostanziale differenza tra il sogno e la realtà.

"Adesso andiamo a mangiare".

Ho scoperto con disappunto che il mio principe non sa aprire con garbo le chele di un granchio.

FRANCESCO

Un fragore, un rantolo rauco trancia il torpore vigliacco del condominio. La Piera suona più volte il campanello, appoggia l'orecchio alla porta di ingresso come se auscultasse il petto di un bambino febbricitante. Di fronte a quell'innaturale trasparenza ha un presagio dei suoi. Chiama il 113, digitando i tasti del telefono poggiato sulla credenza in fòrmica.

Immagino il film cui non ho preso parte.

Accade quando la tua vita sta sterzando e non vedi la curva. Ero distratto da un cliente che voleva assegnarmi la campagna di un dentifricio alla menta.

Intervengono due Fiat Marea, le strisce azzurre disegnate sulle fiancate come un biglietto di invito. Non sgommano, ma avvertono. Sul tetto, lampeggianti da luna park gettano coriandoli. A bordo, quattro agenti allevati a non tradire emozioni. Può non essere successo niente, di quel genere di chiamate ne arrivano a decine e spesso sono dei flop. Chiedono le chiavi alla custode che tra prematuri singhiozzi prova a spiegare che è sicura, sì, sicura, di avere visto i signori entrare in casa un paio d'ore prima, con i sacchetti della spesa. La scortano nel suo budello e le offrono un bicchiere d'acqua: "Ci siamo noi, adesso". La Piera non smette i singhiozzi, ma nessuno la ascolta più.

La porta non mostra segni di effrazione. La aprono, le

mani salde come manette, impedendo l'accesso agli inquilini che grufolano dalla ringhiera delle scale, l'aria infastidita di chi è stato distolto dal sonno o da comode occupazioni. Un agente sta di guardia per non intaccare la perfezione dello scenario. Raggi di laser giocattolo, le torce tagliano il buio del salone e inquadrano nel loro cerchio muri ricoperti di foto d'autore, dipinti e stampe; il kilim turco, compact disc e libri distribuiti sui mobili. Il fascio luminoso infiamma due corpi stesi a terra, amanti avvinghiati vinti dal sonno. Le braccia di Nicola, edera impigliata, sono abbandonate sulle spalle di Vera, che, prostrata sotto il metro e ottantasette del suo fidanzato, è sottratta alla vista degli agenti, il pube spalancato senza ardore, colla secca sulle cosce toniche e abbronzate.

Vera e Nicola vittime dello stesso guaio.

Un interruttore, il suo silenzioso "on" e la scena cambia a vista, come in una regia di Peter Brook, che non regala mistero e nemmeno illusioni. Gli attori recitano alla mercé del pubblico e il teatro perde la sua missione di raggiro. I poliziotti esplorano le stanze sbattendo le porte, le mani strette intorno al calcio della pistola. Cercano qualcuno. Che non trovano. Non devono avere opinioni ma rilevare presenze. Dall'auto chiamano la Centrale Operativa e chiedono i rinforzi della Squadra Omicidi.

Accertano l'identità dei defunti. Telefonano ai familiari e mi chiedo che faranno con Vera: non ne ha più. Immagino la madre di Nicola appendere il ricevitore, dopo avere chiesto cosa è successo e tornare nel suo algido buio.

Il sopralluogo ha inizio, è gente scrupolosa, non possono tralasciare nulla. Infilano guanti di lattice. Il divano arancio e quello panna, i braccioli accostati, le sagome a elle: i ragazzi con la divisa si chiederanno la ragione di un gesto così poco sintonico con l'arredamento? Non credo, con quel mestiere non ti stupisci più di niente e una donna può sparare a un uomo e poi uccidersi anche tra la fantasia e il buon gusto.

Suddividono la casa in un macabro gioco di Lego, nel volonteroso compito di distinguere vite che vivevano dal fermo-immagine di due morti posati l'uno sull'altro. Cavillosi, frugano con puntiglio tra le carte, perquisiscono cassetti e armadi. Scandagliano il presente cercando scie di passato sulle lettere di Vera a Nicola e di Nicola a Vera, con l'irragionevole illusione che la parola possa spiegare il gesto. Staccano dallo specchio del bagno post-it giallo canarino, le dita protette da asettiche fasciature di cellophane, rovesciandoli alla rinfusa in una scatola. Convocano il medico legale.

I ragazzi della Mobile, già stanchi senza darlo a vedere, scattano campi lunghi e close-up con la digitale d'ordinanza, sminuzzando l'orrore orchestrato da una mente che ha smarrito ogni innocenza. La scena viene videofilmata dal cameraman della Scientifica.

Cercano impronte.

E chissà che non trovino le mie.

Sfilano l'arma dalle dita di Vera e la ficcano in un sacchetto contrassegnandolo con un cartellino: una prova. La più evidente. Fanno il guanto di paraffina, un tampone sulla mano e sugli abiti di entrambi per dare una sigla ai residui di polvere da sparo.

La Piera mi telefona senza dirlo ai poliziotti. Riattacco da ragazzo maleducato. Il medico legale accerta la possibile causa di morte, ne ipotizza l'orario, prende appunti sulla compatibilità tra le ferite e la prima ricostruzione che il capo della Omicidi compila su carta e nella sua mente allenata al peggio. Quando tutto è stato fotografato e filmato, liberano i corpi e li sdraiano l'uno di fianco all'altro.

Fuori, la luna brilla nell'ennesima vetrina di seduzione.

Io sono altrove.

Smanio, bambino offeso, che il volto di Nicola non sia

deturpato. Ha del sangue raggrumato tra un cespuglio di capelli. Vera subisce un tampone vaginale. Il segno permanente di un'ultima goccia di estasi e vitalità. Morire dopo avere fatto l'amore con chi ami: il sogno di noi romantici. Lei c'è riuscita. La polizia non trova polveri bianche né pillole sospette. Nemmeno un ansiolitico. Ci penserà l'esame tossicologico: Vera e Nicola non superavano la soglia delle cinque sigarette al giorno. Mangiavano biologico, ma questo non risulterà rilevante.

Lui ha dalla sua l'irragionevole scusante dell'età, ha subìto un affronto dalla donna che amava, che c'entra? Si informeranno sulle sue giornate di studio, interrogheranno l'anziano De Marinis, che dirà: "Una vocazione, la sua, per la professione forense".

Riempiono sacchi di plastica grigia: la borsetta di Vera, cedole di assegni staccati per pagare una vacanza, estratti conto, la ventiquattrore di Nicola gonfia di carte, agende, e rubriche, fotografie, guanti, vestiti, cappelli, abiti, stracci. Il portatile sarà affidato ai cervelli della Polizia Postale e delle telecomunicazioni che leggeranno file presenti e cancellati, e-mail e siti consultati. E i cellulari: non hanno avuto tempo di chiedere aiuto. I tabulati confermeranno.

Arriva il nulla osta alla rimozione dei corpi.

Il pubblico ministero lascia spazio ai necrofori.

Che li portano via come uccelli dal loro nido.

VERA

Sulle pareti di una stanza disadorna come la cella di un monastero, Dio ha deciso di lasciarmi respirare. Voltato verso la finestra, Nicola dorme, la schiena nuda, il braccio camuffato in una T-shirt arrotolata su se stessa. Il lenzuolo copre a malapena natiche rotonde, la spina dorsale disegna una curva sinuosa, lasciando intuire una scoliosi, strascico di una crescita repentina. Magro, ma non scavato, ha fianchi ghiotti. Trattengo la voglia di avvicinarmi e toccarlo, la pelle arrossata sulla nuca e un graffio sulla spalla mi inteneriscono. L'accondiscendenza che provo punge come una capocchia di spillo.

"Vera..."

"Non voltarti, mi distrai".

"Cosa fai?"

"Ti guardo".

"Vieni qui. È ancora presto".

Il buio se n'è andato, ma è difficile capire dallo sbuffo lattiginoso che ora sia. Il programma prevede muffins e caffè nero in Kensington Street, un giro alla Tate o alla National Portrait Gallery per rivedere il faccione di Henry James, in marsina, panciotto e due pastiglie tonde al posto degli occhi. Potrebbe portarmi ovunque, eccentrica farfalla in libera uscita. Ancora ventiquattro ore. E poi Milano. Con una specie di bilancio.

"Vuoi dormire?"

“No, ti voglio qui”.

Mi attira a sé con una familiarità che non sosterrebbe un rifiuto, guardandomi con l’amorevolezza di un santo. La nostra prima volta insieme se n’è andata, insieme ai pregiudizi. Non ho controllato il mio aspetto. Desidero rimanere fasciata da queste braccia fino a che il destino non sarà pronto a vendicarsi. Con l’impulsività che solo un ragazzo può ancora permettersi di esibire senza sentirsi ridicolo, Nicola preme labbra imbiancate sulle mie, incespicando in parole che non ascolto. Affondo nell’incavo del suo braccio. E mi sento in pace. Euforica, persino, senza peso né gravità.

“Ieri ero intrattabile, scusami, temevo di deluderti. Mi sentivo sotto esame”.

“Esame superato. Anch’io ero scombussolata, invece è tutto così semplice...”

Pianista che accenna con prudenza una *Chanson* di Poulenc nel timore di sciupare i tasti di uno strumento prezioso, lo accarezzo per ammettere la veridicità di un miracolo.

“Pronuncerei all’infinito la parola amore senza sentirmi una cretina. È l’unica che mi viene in mente...”

Nicola bacia con foga impulsiva, fruga con la lingua, io accolgo il suo impeto, padrona di una grazia che lo ingentilisce senza offendere la presa.

“Se annegassi nei tuoi baci, mi salveresti?”

“Ci proverei”.

“Non si va in barca quando non si nuota bene”.

“Palestra tre volte la settimana, non si vede?”

Con una mano mi solleva il mento, con l’altra tocca appena la mia fronte in una posa di abbagliante dolcezza. Non leggo su di lui ombra di viltà. È disarmante. Scivola sui miei seni, tasta il calore della pelle contro la pelle, stringe i capezzoli nel palmo e li strofina delicato. Tocco un desiderio che sa di vaniglia, forse lui non fuggirà. Null’altro mi importa di assaporare, adesso. Sento sul ventre la sua eccitazione, le mie mani raccolgono senza tremori la sua avidità. Naufrago sbarcato su una terra amica, Nicola non è immateriale, ma è un uomo che ha deciso di tenermi compagnia. Lasciando insorvegliata ai piedi di questo letto la parola solitudine.

"Mi fai il solletico... non fermarti..."

Profuma di sonno, i peli del collo, sbucati come funghi senza veleno, pizzicano. Gli lecco la fronte, la punta del naso, guance lisce. Il suo petto è impolverato di peluria saporita, che arrotolo intorno alla lingua per mandarne a memoria il gusto. Mi rimane un pelo in bocca, tossisco, ridiamo, bambini colti in errore. Mi sfiora la testa e la spinge a sé, prepotente e superbo. Prendo tra le labbra il suo sesso, lo bacio mentre i gemiti dell'amore si dissolvono nell'oblio e in petto batte una furia. Rinnovo su di lui gesti arrendevoli e indipendenti, lo tengo in bocca, dono che Nicola accoglie con la protervia di un abile dio pagano. È questo, ora, il nostro unico compito. Non c'è spazio che per il piacere. Esiste, Vera, esiste. Ed è qui con te. Di nuovo, dopo un tempo reciso dalla morte.

Una goccia cola sul mio mento, ci baciamo in un ardito afferrarci, padroni finalmente l'uno dell'altra. Lo voglio e lo temo in modo così lancinante che mi fa male il più lieve dei respiri. Gli bacio ogni lembo di pelle con la certezza di non perderlo. Avevo smarrito ogni residuo di dimestichezza con la felicità, roba da ragazzi – pensavo – se salti il turno, la vita non offre possibilità di ricorso. Invece, respingo un passato che non voglio più conoscere né riconoscere.

I denti di Nicola rapiscono come le perle che mi convinsero a cercare in conchiglie a forma di mammelle. Ci cascai, trascorsi un pomeriggio ad aprire ruvide bucce tutte uguali e vuote. Le capsule opalescenti di quella spiaggia sono artigli che Nicola strofina sul mio collo, provocando scosse gentili che corrono giù fino alle dita che succhia goloso. Mi accarezza con lentezza estenuante, mani esperte e indecenti scuotono nervi intorpiditi dalla diffidenza. Inarco le reni per offrigli quello che posso di me. Siamo due stelle erranti che si incontrano seguendo le onde di un pozzo di tenebre, indecifrabile segmento di unione che non chiede spiegazioni né certezze. È dentro di me e ne desidero solo l'abilità e la sapienza. Smette, incauto, si interrompe, scende lungo il mio corpo con la lingua, succhia i miei capezzoli, amato e affamato, sfiorandomi le anche affonda la lingua nel mio sesso togliendomi il respiro. E ogni reticenza. Sembra conoscermi, sa prendermi da amante esperto del calore femminile. Non ci sono spiegazioni da dare né inutili richieste da fare. Tutto è perfezione. Il ritmo del suo sesso nel mio, la lingua tiepida sul mio viso che egli lambisce lieve, accarezzandomi le ciglia con labbra bagnate, senza fermare l'ansia che sale, il desiderio che non freno e che Nicola riceve, con sorriso da seduttore.

"Ti amo, Nicola, perché sai amarmi e non puoi comprendere quanto poterlo dire sia importante per me".

"Sei bella, sensuale, fai l'amore con amore".

Nei cristalli che mi punta addosso avverto l'eco clandestina di un'anima solitaria, riconoscendo celata dietro l'incantevole sorriso la crepa di una necessità.

Un uomo non fa l'amore così, se non ha provato almeno una volta a sentirsi solo al mondo.

Gli squilli ritmati del telefono distraggono i nostri respiri, sempre meno ansanti. Nicola ricompone la voce in vocaboli il più possibile disinvolti. Mi guarda alzando gli occhi al cielo con un sorriso che illuminerà la giornata fino a sera: "Bene, sì, grazie, Francesco. No, il camino non l'abbiamo acceso. Mi sembrava troppo complicato. Certo che ho cambiato le fodere dei divani, mica sono scemo. Stiamo bene, benissimo. Ti racconto al ritorno, ok? Non hai detto che vieni a prenderci? No, non sono andato al locale. E se ha cambiato lavoro ed è diventato calvo?"

FRANCESCO

La via è animata, le auto della Mobile hanno tenuto il quartiere sveglio fino ai malandati grigiori dell'alba. Sono le sette e sedici, cammino sul marciapiede di fronte alla loro casa. Passi felpati, da gatto riluttante, con pause regolari tra l'uno e l'altro. Procedendo a scatti svelerei la ragione della mia presenza. Cercando in me stesso un embrione di pietà, sto davanti al civico 31, insetto che brusisce intorno a un nocciolo di albicocca. Non ho istinto da investigatore, non ho mai avuto facoltà di intuire il tradimento. Adesso sono fermo.

La stasi condonerà il dinamismo di poche ore fa.

"Immobile, Francesco. Quando scrivi, la postura deve essere vista con chiarezza dal lettore". Mi avrebbe corretto così, lei. Viveva tra le parole e sapeva irretirti nella pagina di un libro solo perché "era così ben scritto da stordire". Accumulava autori sul comodino. Feticci. Frugando nei cassetti troveranno il dattiloscritto del nuovo testo. Venduto postumo. Solo nelle ultime settimane si era decisa a considerarlo concluso.

"Consegno. Francesco".

Ammetto la mia impreparazione. Nemmeno una crepa, avevo notato.

Era una voragine.

Figure anonime intorno alla casa paiono corvi neri, perpetue in preghiera, cannibali. Parlottano fra loro a voce bassa. A terra, su un gradino, una mano gentile ha posato un bouquet. L'ingresso è sigillato. Una striscia di scotch gialla, i timbri verticali con una firma a penna. Sull'anta della porta, un foglio A4 prestampato:

Questura di Milano
Squadra Mobile
3ª Sezione
Immobile posto sotto sequestro
a disposizione dell'Autorità Giudiziaria

Hanno chiuso la porta in faccia al mio sgomento. Lì dentro ci sono le loro sagome, disegnate a terra con un gessetto.

La portinaia ha tratti che conservano inviolata la sua ingenuità. Mi avvicino al vetro che la separa dagli inquilini di passaggio e vorrei strizzare le sue braccia adipose fino a farle male. Un'indispensabile diffidenza ci confina distanti. Lei, accartocciata nella vestaglietta a rombi, si trascina lenta tra le mura del suo angusto locale, tenendo fra le mani una copia del *Corriere della Sera*, l'etichetta da abbonato che copre la notizia. La consegnava nelle mani di Vera la mattina insieme alla posta. Imbambolata, si rinserra nelle spalle. Non offre né confidenza né caffè agli agenti.

Passeggio, la giacca di lambswool abbottonata. Mi aggancio a un lampo di memoria: cerco in me la grana della loro voce, una frase, una fragranza. Non ricordo nemmeno la marca del dopobarba di Nicola. La fine di quei due ha incrinato la condizione base dello scorrere delle mie ore: la prevedibilità del domani. L'acidità di stomaco si agglutina in un punto del corpo, assediante. La morte di Vera e Nicola ha la fisionomia di un pericolo che non vedo. Fuggire davanti a questa calamità non servirebbe: piomberei nel fantasma di me stesso, così come lei sembra essere derapata tra quesiti irrisolti. Io sono della partita, ma non ho l'audacia di uccidere nessuno.

Non ce la faccio a catalogarla tra pazze e assassine. Il suo gesto appartiene alla dinastia delle follie, di cui ha tutta l'aria di essere un derivato. È che quello smarrimento lo abitiamo più o meno tutti, pochi se ne accorgono. Prima di sparare lo avrà accarezzato, Giuda consapevole, la punta delle dita gelatinose dilatate sul viso del suo innamorato con licenziosa doppiezza. Stabilire il confine tra l'ovvietà del loro sentimento e la straordinarietà dell'accaduto non offre consolazione al mio bisogno di abbracciarli ancora una volta.

Fingere che non sia successo niente: *rewind* di ventiquattro ore, essere più accorto, vincere la mortificazione di chi non è stato abbastanza abile nel vedere l'onda di rancore inascoltato che stava montando. Almeno avessi paura, difesa di cui sono dotato per natura. Se mi accade di vivere un evento tragico come effetto di una causa, non mi spavento. Quando un amante mi lascia senza superare due notti consecutive sul mio guanciale, so ricostruire con artifici le conseguenze di una sberla. Reagisco con dignità. Vera e Nicola sono scampati alle statistiche che riducono a quattro gli anni di resistenza di una coppia eterosessuale. Io non faccio testo, le relazioni omosessuali o durano decenni o si bruciano nell'arco di poche notti, dipende dall'egoismo.

Tutto può accadere senza regole di leggibilità, eppure davanti al foglio A4 prestampato vivo la certezza che il futuro che ho lasciato alle mie spalle si sia congedato. Il passato, allo stesso modo di un incidente stradale quando i freni di colpo cessano di essere freni, è sorpassato.

Chissà se un giorno gliene vorrò.

La fine di Nicola dalle piccole mani di Vera mi disancora dalla certezza biologica delle nostre vite intrecciate. D'ora in avanti, ognuno dei loro oggetti assumerà le torbide apparenze del pericolo, i volti degli amici la dimensione dell'equivoco, l'affetto si estinguerà in edulcorata malinconia.

Mi sento sotto assedio. Devo richiamarmi dalla dissipazione in cui lascio vagare pensieri sconnessi, fino a smarrirmi in quei due corpi che le mani dei necrofori hanno steso nelle bare con la soavità di chi, la morte, la vede tutti i giorni e non se ne lascia distrarre.

Vera e Nicola isolati dal parquet finlandese del loro appartamento, discosti dal fracasso di una città che fino a poche ore prima fiatavamo con nervosa monotonia.

Capirci qualcosa non è un lavoro da poco, so che è un lavoro urgente. Quelli della Omicidi scansano i giornalisti assiepati a grappoli, reggendo i loro microfoni. Non posso nemmeno urlare, mi inquadrerebbero in una "breve": "l'amico sconvolto dal dolore". Parleranno di me tra pochi giorni. Perché una volta che hanno riassunto il fatto, redatto il coccodrillo e la cronaca del funerale, la scelta è se tenere su la notizia. A quel punto si accorgerebbero di Francesco. Amico di entrambi. Con la cortese richiesta di un'esclusiva. Più realisticamente, dopo i tripudi funebri, non ne parlerà più nessuno. Le briciole di memoria che distingueranno Vera da Nicola dipendono dalla sua casa editrice. A lui non sarà intitolata alcuna borsa di studio per giovani di talento alla Facoltà di Giurisprudenza. Non entreranno nella statistica dei casi che illustrano una tendenza o un costume degno di analisi. Ordinaria amministrazione, a Milano. Lei è la sola indiziata, e mi pare un paradosso equivocare su un cadavere che è cosa certa. Finiranno in archivio, e solo la perizia di un investigatore dell'anima si accanirebbe sulle ragioni di tanto disgusto. Un mucchietto di fogli battuti a macchina, decine di scatti infilati in una cartella azzurrognola, intestata Ministero degli Interni, una scritta in stampatello con il pennarello a punta grossa: Solari Vera e Rovati Nicola. In alto, a destra, una croce. Al pubblico ministero resta un fascicolo da accatastare in un deposito di vite tranciate di netto. Lo liquideranno in modo sbrigativo, un omicidio-suicidio di quelli che non fanno distinzione di classe. Nella Milano dell'apatia o in un paese del Sud col sudore che squaglia all'ombra dei pitosfori, la dinamica e il movente sono spesso simili. Forse a Vera ha dato di volta il cervello, o, per dirla con termine tecnico, "la causa scatenante va ricercata all'interno di uno scompenso psicotico in una personalità borderline".

Attendo. Per verificare l'attendibilità dei miei pronostici.

Sarò interrogato in qualità di persona "informata sui fatti". Ma quali fatti? Io, un coglione, li davo per scontati. Una bella coppia. Di quelle invidiate. Sono una persona inutile. Un escluso. E non controllo il peso, un'ansia urticante che dal petto sale fino in gola. Nemmeno dovessi affrontare uno dei clienti dai quali dipende il futuro assetto finanziario dell'agenzia. O il mio, di futuro. Mi attacco al cellulare e avverto che domani non vado a lavorare. Spero risponda la Rosalba e la defezione si blocchi al centralino. Non sono il tipo da apprezzare condoglianze.

Voglio trovare il riposo che mi spetta. E farmi un bel pianto.

"È quasi buio. Tempo mezz'ora e non si vedrà niente".

"Ti prego, non ci sono mai stata! Non vorrai lasciarmi partire con questa deplorevole lacuna, chissà quando ci tornerò a Londra!"

Meglio essere previdenti.

"È un'architettura imbarazzante, Vera. Investono migliaia di sterline guadagnate in borsa, comprano e trasformano capannoni in appartamenti con giardino pensile. Casa-ufficio. E poi è domenica, non ci sarà nessuno, il fine settimana lo passano fuori Londra".

I Docklands. Il padre di Nicola era un navigatore. Donne e marinai.

Il tassista è pingue, ha il faccione rubizzo. Comprende a fatica il nostro inglese. Basta che sappia dove portarci.

"Dammi un bacio".

"Non bacio sui taxi. Quel poveretto sta lavorando".

"Ma cosa vuoi che gliene freghi a quello di noi due? Sta guidando".

"Appunto, lavora".

"Vuoi che ti baci io?"

Stavo rincantucciata nell'angolo opposto al suo, su un caratteristico taxi londinese. Nicola aveva dato un'indicazione vaga.

"Canary e qualche cosa".

“Oh, yes, Canary Wharf! Il centro commerciale è chiuso”.

“Ecco, te l’avevo detto: ci ritroveremo al buio davanti a cantieri, grattacieli vuoti e strade deserte. Il restauro è ancora incompiuto”.

L’incompiutezza era un vessillo, per Luca. Tifava l’incertezza tentando di convincermi che gli amori senza definizione erano i migliori. Imbrogli lessicali, lontani dall’aristocratica vertigine dell’infinito. Pur di non perdere le volubili scaglie della sua attenzione, fingevo di essere d’accordo. In verità dipendo dalle definizioni, dai “ti amo”, “ho bisogno di te” , “mi manchi” e dalla melassa della linguistica amorosa. Nicola aveva già pronunciato la sua dichiarazione, si corrompeva a parole senza prendere appunti.

“Ormai ci stiamo andando e poi non dobbiamo visitare un centro commerciale, hai detto che detesti lo shopping”.

Il suo “non ne ho voglia, dài, sono solo negozi” gridava vendetta. Non dico Harrods, ma una puntata da Floris, in Jermyn Street, le essenze da bagno più care di tutto il Regno Unito.

Con un battito di ciglia gli offro una visibile apertura di credito. Lo ricambia, slacciando la tensione su un taxi dalla forma bombata, dal quale il Tamigi sembra spento. Facilmente scorre avanzando nel traffico, plumbeo e uniforme, senza le giocose asperità della Senna, la solarità del Tevere, la docilità dell’Arno, l’ombrosa musicalità del Po.

Che il suo no dipendesse dal burro cacao?

Fenicottero di innegabile eleganza, nell’angolo destro del sedile tiene le gambe avvitate in un malizioso intreccio, dalle maniche del cappotto sbucano polsini immacolati, ideali per infilarci le mani e carezzare polsi. La mia adorazione per lui raggiunge livelli ridicoli. Il suo involontario ricondurmi a una dimensione adolescenziale provoca l’insopprimibile impazienza di una mutua salvaguardia. Sono io quella più matura, accidenti. Il mio corpo è ancora snello e la sua altezza raffigura bene l'irraggiungibilità.

Volevo quel ragazzo senza mettermi nella condizione di creare un bisogno. Ti odiano, prima o poi. No, un rapporto sano.

Dovrò regalargli dei gemelli. Senza iniziali.

"Siamo sulla Riva Sud. Guarda quei magazzini in mattoni. Qui, operai, facchini, schiavi scaricavano casse di carbone, legname, spezie, grano e cotone da giganteschi velieri".

Davanti a noi si innalzavano tanti ex ora diventati post qualcosa, rosso mattone. Solo, erano vuoti di umanità.

"Ecco, si fermi qui".

Mi sono aggrappata a lui, trattenendolo per una manica. Turbamento. Meglio, apprensione. Gli ho preso la mano, ci siamo arrampicati su una scala che portava a un ponte di legno, sotto il quale si dilatavano chilometri quadrati color ferro, illuminati a rovescio dai neon che svettavano, artificiali cime di montagne.

"Sembra il porto di Boston".

"A me fa piuttosto pensare al Canada".

Le costruzioni d'acciaio e vetro si tuffavano riflesse nell'acqua di fine Tamigi. Guardavo dal pontile un paesaggio difforme dove solo una fantasia eccitata avrebbe potuto rimpiangere il signor Charles Dickens a passeggio in carrozza. *Dickens Restaurant*. L'avevano ridotto a un pub. Mi infastidiva che venisse relegato a quattro sedili uno dei massimi scrittori del secolo.

Era stato il tema d'inglese all'esame di maturità. Avevo da poco compiuto diciotto anni e mi preparavo a entrare con un numero nel mondo degli adulti. In quel locale servono hamburger e boccali di birra, mentre agglomerati di marmo, vetro e acciaio sbuffano dai tetti, stufe illuse di scaldare una città dormitorio. Che Nicola e io vedevamo al contrario. Affondata.

Il cielo era bruciato a decolli discontinui dai fumi caldi

del tetto di una gigantesca matita dalla punta aguzza, che divinavo insediata da zelanti impiegati in gessato e giovani rampanti dai monitor squadrati.

"Non potrei ambientare uno dei miei romanzi quaggiù. Solo l'odore incerato dei mobili antichi mi suggestiona".

"Vera, rinnovare l'estetica esprime la capacità di rinnovare se stessi, affina il gusto, distoglie lo sguardo dal passato e lo rivolge alle nuove generazioni".

"Vuoi insinuare che io incarno il passato e tu, solo tu, giusto per i tuoi sbalorditivi trentaquattro anni, sei moderno?"

"Intendevo dal punto di vista architettonico. Perché il futuro ti spaventa?"

Sulle nostre teste il cielo regala qualche stella, segnale di un mondo certo. Saltella sul ponte con gambe da gazzella, strappandomi alla vista del paesaggio che volevo rendere a tutti i costi contemplativo. Mi smarrivo sulle increspature del fiume, la mia percezione giocava tra i flutti.

Questa è la contemporaneità. Io che accompagno un ragazzo nella nuova Londra convincendo me stessa che la muffa del vecchiume può finire in solaio.

Bastava che non ci volesse relegare me, lassù.

"Vuoi mettere lo charme di Portobello Road? Senza memoria non c'è futuro, Nicola. E nemmeno presente".

"Hai ragione. Scappiamo. Portami via di qui".

"E dove ti porto, tesoro?"

"In un letto comodo dove fare l'amore".

FRANCESCO

Il volo British Airways 7863A è in ritardo. *Delayed*, c'è scritto sul tabellone che frulla ammattito. Sposta minuti e numeri, sigle di aeromobili che hanno posato le ruote a terra e di altri che, al contrario, stanno ancora a barcamenarsi per aria.

Io non volo. Mi piacciono gli aerei a riposo, belli in fila, i loro triangoli diversi per compagnia e nazionalità, svolazzi di bandiere e sigle. Sono il miglior pubblicitario in circolazione per studiare il lancio di una compagnia aerea. Perché questi insetti giganti mi piacciono fermi. In pace.

Il ritardo del BA 7863A concede a Vera e Nicola mezz'ora in più per decidere se avranno un futuro. La pausa tra nuvole di panna in cui il tempo è una cavità immateriale scandito dalla mobilità di una camera iperbarica, li tiene in ostaggio.

L'aeroporto è un luogo piacevole. Incrocio il fluido ottimismo di chi sta partendo per chissà dove e la stanchezza di quelli che tornano. Basta che il bagaglio arrivi sul nastro senza troppe lentezze. Vuoi mettere un aeroporto lindo ed efficiente con l'umidità sudaticcia dei passeggeri in transito in una stazione ferroviaria? Qui non dormono barboni, tutto sembra parlare di vacanza, al massimo di una trasferta di lavoro in città che sarà bello visitare. L'essenziale è partire. Senza avere troppe insoddisfazioni dentro.

Vado al bar degli arrivi internazionali, pregustando il sovrapprezzo per un fetido caffè nel bicchiere di plastica e una brioche cartonata appena sfornata dal microonde. Ne addento una surgelata, ammirando dalla finestra panoramica gli aerei al decollo, tanto io sto a terra e aspetto di vedere Vera per la prima volta. Il decaffeinato fa davvero schifo, ma vuoi mettere con la vista?

Guardo un jumbo della TWA che rotola in pista e mi chiedo da quale città americana arrivi. Dallas-Milano? Indimenticabili, dietro il portellone, gli zigomi scolpiti nello chic di Jackie in Chanel rosa confetto e cappellino a tamburello. Los Angeles-Malpensa? Mi stordirebbero gli occhi smeraldo di Madonna, il suo ultimo concerto è stato il regalo di mia madre per il compleanno.

Una fila indiana si incolonna sulla scaletta del jumbo. Nessuna celebrità, solo figurine dalle tasche gonfie di ricordini a stelle e strisce inghiottite da un pullman bianco e affollato come il loro bagaglio.

Le nuvole non hanno più vapore, la terra ha riacquistato la sua consistenza fisica e io corro agli arrivi internazionali, in attesa del mio amico Nicola con la sua fidanzata. Scommetto che si terranno per mano e che lei abbasserà il capo, quando, da pirla, le dirò "felice di conoscerti, Vera, sono Francesco".

Il mio ramo erano i piatti letterari. La *Brandade* di merluzzo, uno dei preferiti da Georges Simenon, ad esempio. Lasciavo a dissalare lo stoccafisso per una notte, il mattino successivo lo cuocevo in una pentola con acqua fredda a fuoco lento per mezz'ora. Lo scolavo, toglievo spine e pelle e lo sminuzzavo. In una casseruola scaldavo due cucchiai d'olio, univo il pesce, impastavo con una spatola di legno, aggiungevo mezza tazzina di latte bollente senza mai smettere di rimestare, lo servivo su crostini di pane caldo, sfregati con uno spicchio di aglio.

Dopo la *Brandade* non baciavo Nicola per tutta la notte.

Era sfida continua. Sfornavo le ricette di Gioacchino Rossini e Nicola mi spiazzava con Hemingway, nei confronti del quale vantavo assoluta indifferenza. Due stelle di difficoltà la sua *Trucha y jamon*: trote rosolate nel burro con una foglia di salvia e, all'interno, una fetta di prosciutto cotto, che Nicola millantava in *jamon serrano*. Tutto qui.

Rossini soffriva di gotta e componeva sinfonie in pochi giorni. La sua musica non mi eccitava, ma nulla competeva con il suo filetto. Il problema era il tartufo, perché il *Tournedos alla Rossini* senza tartufo è come un bambino senza moccio al naso: approssimativo. Tagliavo il filetto in quattro parti, dopo averlo legato con lo spago fino a otteneme dei pezzi dello spessore di circa quattro centimetri.

Li indoravo nel burro, li mantecavo con acciughe tritate, sale, pepe e scaglie di tartufo. Abbrustolivo fette di pane in cassetta spalmandole di salsa, spruzzavo i filetti di marsala e li disponevo sui crostini aggiungendovi il fondo di cottura.

I duelli culinari avevano luogo soprattutto d'estate, nel *mas* che prendevamo in affitto nella tenuta di Roussan, accanto a un virtuoso castello del XVIII secolo trasformato in albergo, dodici stanze, il salone dalle pareti senape al piano terreno, la stuoia di lana granulosa sullo scalone e due fantasmi con i quali il conte tediava i clienti. E il parco, una riserva di ulivi dalle cortecce scolpite come le grassone di Botero e barlumi di cielo nello spazio che si creava tra una foglia e l'altra. Limoni, erbe mediterranee e lavandeti si stringevano intorno al viale di accesso a una primadonna maestosa e retró. Rannicchiati dietro filari di betulla, larici profumati e castagni scuriti dal tannino sagomavano la miscela di un'essenza in boccetta. La Piccola Roussan – avevo battezzato così quella zattera di salvataggio fluida e femminile – era disastrata dall'incuria. Dopo due estati di pigione e insistenze, convinsi il conte a vendermela. La servitù si trasferì al castello, il parco fu diviso da un basso muro di sassi.

Di quella cadente casa contadina Nicola amava i buchi e le grondaie, gli infissi raggrinzati dall'umidità, la cucina con il camino nel quale sedersi a filosofeggiare. A metterla in sesto pensarono gli architetti di fiducia Alberto e Cecilia, con incomprensibili diktat: "La campagna intorno diventa giardino, nel giardino mettiamo la piscina, il dialogo fra cavità tra l'interno e l'esterno stabilirà una relazione negli spazi. La pergola ricorderà la pensilina di una stazione ferroviaria, la credenza di Vera sarà restaurata, l'arredamento si rifletterà su mattonelle esagonali rosso sangue di bue".

In sei mesi la resero una cordiale signora che ammette ritocchi senza cedere alle sirene del lifting. Per Nicola, il luogo eletto era la biblioteca dai soffitti alti dieci metri, le travi sverniciate, dove depositò le dispense universitarie e i libri del padre, storie di marina e architettura, sui quali accatastammo gli illustrati e gli ellepi, pesanti come macigni eppure lievi come le armonie alle quali rimandavano. Sulle scaffalature posteggiò trenini in ferro con locomotive e vagoni di ogni Paese, mattoncini di Lego e asticelle del Meccano, la mia collezione di orsi in pezza, cornici vuote, romanzi già letti, da leggere e rileggere quando la nostalgia non si tollerava più. A me succedeva tutto in pochi spazi nello studio-salottino che ricavammo nel solaio protetto dalle falde spioventi del tetto. Lì scrivevo e ascoltavo la mia musica.

"Vera, il problema sono gli orecchini: dobbiamo trovare un sistema più pratico per portarceli dietro".

"Basteranno scatole a scomparti".

"Io organizzo le tue passioni e tu sei un'ingrata: puoi suddividerli per tipo nei portauovo di cartone che ho portato. Qui mettiamo quelli neri, nell'altro uovo quelli dorati, in un altro le pietre, cosa facciamo con quelli etnici?"

"È solo bigiotteria, Nicola. Bachelite, pietre dure, smalti. Ricordi la *Licorne*? La proprietaria ereditò il laboratorio dal padre, si trovò la vita piena di orecchini, li mise in vendita nella bottega del quartiere ebraico di Parigi. 'Quando li avrò venduti tutti, morirò', mi disse, nascosta dietro il bancone in mogano, i lobi delle orecchie nudi. Era allergica ai metalli poveri".

"È una vera e propria smania, la tua".

"Guarda questi, Nicola. Città Santa, Gerusalemme. Me li rifilò un ragazzo arabo al triplo del loro valore dopo avermi offerto un bicchiere di tè alla menta. Li indossai davanti a uno specchio dalla cornice di madreperla, i turisti scarseggiavano, gli empori erano vuoti e per visitare il Santo Sepolcro rimasi in coda pochi minuti, anziché il solito cumulo di ore. Era maggio. E mi sentivo un concentrato di misticismo".

“Ti preferisco impura”.

Le camere da letto stavano al primo piano. Ci eravamo scelti la più grande e aveva detto sì a tutte le mie richieste.

“Sdolcinata, ma mi arrendo davanti al letto: merita un’inaugurazione”.

Valigie e scatole sono sparse per terra, il plaid scozzese è appallottolato, sul cassettone i libri e i cd contendono centimetri ai miei barattoli.

Parla tenendo un ginocchio rialzato, la suola degli stivali da cavallo appoggiata al muro dipinto di fresco. Io giro a vuoto tentando di dare ordine al disordine. Mi attira a sé con un bacio, spavaldo, gli sfilo il maglione ed è come se non ci fossimo mai visti prima.

Quando Nicola si eccita, il sesso diventa urgente, la carne tesa dell’inguine si gonfia e preme su di me, tormentiamo labbra incontrate mille volte, scompiglio capelli che per pigrizia non taglia da settimane.

Un ragazzo giovane e una donna che non lo è più, eppure non mi intimidisce. Lo voglio, sempre. Non gli ho mai detto “no”. Sconosciuti il rigetto, la noia, la ripetitività annunciata dall’abitudine. Me lo prendo, oggetto destinato a diluirsi nell’incorporeità, regno da regina senza potere. Il vuoto e l’abisso del possesso sono reciproci e sbranano. Elemosino carezze frettolose e violente, fino all’ardore placato di due corpi denudati del loro orgoglio, rannicchiati tra la stoffa, l’uno di fronte all’altro, le gambe intrecciate. Il mio viso nascosto sulla sua spalla fascia parole che soffiano come l’aria di un ventilatore.

Non devo mettermi a piangere.

È ancora un ragazzo. E io ho tredici anni più di lui, addizione di mesi, settimane, giorni che si depositano sui miei seni piccoli e feriti, si consegnano a una vertigine che prende nella rete.

Nudo, Nicola è forte. Mi abbarbico al suo avambraccio inviolabile, sono carta velina pronta a sfibrarsi per demerito di vocaboli pronunciati a voce bassa e sbigottita da guance che si sfiorano. Nemiche.

"Sei bella. Mi fai sesso".

"Prima o poi mi tradirai".

"Io non appartengo a nessuno".

"L'ho sempre saputo, Nicola, ma amore è purezza. Altrimenti non è".

Più parlo e più lo allontano. Arrischio sincerità plebea e immodesta, gli faccio annusare la mia paura. Scavo nel buco della sua anima, senza alcuna indulgenza.

"Nicola, la passione, *questa* passione uccide. Perché è una resa".

Inseparabili siamesi, siamo monadi saldate. Nicola ha l'odore costante della febbre che mi trascina, ipocrita e macilenta, nella dipendenza.

Dipendo da lui e lo sa. Controlla da padrone ogni mia cellula, ne approfitta, il sapermi soggiogata al suo invisibile potere gli garantisce immunità al dolore. Mi lascerà piagata e offesa, senza accorgersene. Conosco il distacco, non saprò rialzarmi, la normalità è fuori mano, negletta.

"Questa casa è come te, Vera".

"Antica?"

"No, troppa".

"Troppo cosa? Troppi mobili, ninnoli inservibili, decori inutili?"

"Troppo. Troppo senza aggettivi".

"Non esiste troppo senza aggettivi. È un errore di sintassi".

"Troppo emotiva, Vera. L'aggettivo potrebbe essere emotiva".

"Esagerata, vuoi dire?"

"Ti fai annientare dalle emozioni. Io ho bisogno di razionalità, amabilità, difese. Lavoro dodici ore al giorno anche per questo".

Gli cingo le spalle conficcandogli le unghie nella schiena, burro che liquefa e riscalda, edifica palizzate acquiescenti. La pelle di Nicola sa di panna. La mia non ha la compattezza che bramo.

Detesto la sua giovinezza.

Fra qualche anno io sarò da buttare e lui ancora un uomo vero. Appetibile, affamato, seducente. Fertile. Io, un avanzo. Devo educarmi. Il punto è che mi nego persino il pensiero.

Incrocio ancora più salde le mie gambe, infilo i piedi che diventano improvvisamente freddi sotto il suo sedere. Potrei perderlo con un'occhiata. Pochi istanti fa mi dilaniava senza fare rumore.

"Ci si fa male anche solo esistendo, Vera. Io so dosare, tu invadi".

"Ripetimi, adesso, che non te ne andrai. So che accadrà".

Parlo senza ascoltarmi, mi camuffo, gli occhi già gonfi. Vorrei solo sparire dentro la sua carne. Lo strazio, che avvita, fa male dappertutto.

Non mi sposto, nell'impotenza di lasciarlo anche solo addormentare.

"Nicola, oltre a te non vedo niente".

"Ho fame, Vera. Ho bisogno d'aria, andiamo in cucina, qualcosa inventeremo".

"E gli orecchini?"

"Li sistemiamo dopo, rivestiti, amore".

FRANCESCO

Tutto nella casa di vacanza aveva già avuto un'altra vita. All'assillante e mediatico incombere del nuovo Millennio la scegliemmo per trascorrerci il Natale. Di solito Vera si sottraeva alle luminarie attirando Nicola tra palmeti esotici, ma quell'anno in Provenza erano caduti trenta centimetri di neve e la conquista del territorio valeva un brindisi.

Le stanze della Piccola Roussan alitavano confusione come se vi fossero appena passati i ladri. Il salone, nonno rugoso e severo, magnificava divani e poltrone di recupero sui quali Vera aveva gettato con studiatissima casualità tartan e cuscini di rafia, giacigli buoni per amici storici e nuovi compagni, padri spaiati con prole e amiche precipitosamente tornate zitelle. Per quella rentrée di reduci tra i trentacinque e i cinquant'anni, le sedie impagliate, razziate in bettole e mercatini, bastavano appena. Come una puttana in disarmo l'abete era stato addobbato di palle colorate, stelle argentate, matrioske dipinte a mano e un cherubino rotondo sulla punta. I portabagagli erano stati liberati di regali, che Mondo, dal collare infiocchettato, minacciava di scartare a morsi. I due architetti mostravano agli ospiti il frutto della mediazione tra il loro accademismo e lo svigorito *brocantage* di Vera.

Le voci si accavallavano argentine, ognuno parlava per sé. Roba da preoccuparsi. Bastava non ragionarci su.

“Siamo ancora capaci di goderci il Natale senza cadere in depressione, non è straordinario?”

“Finalmente un Natale circondati dall’affetto dei propri cari!”

I cari eravamo noi, silenziosamente fieri di legami massicci come rupi.

“Che belle decorazioni, Vera. Da dove vengono?”

“Ho fatto una colletta: ognuno ha portato le sue”.

“Mettiamo i regali sotto l’albero, una macchia di colore ci sta bene”.

“Sembra un film di Frank Capra”.

“Ma dove lo trovate un architetto che trasforma una stalla in una reggia con un budget da monolocale?”

“Ehi voi, dalla cucina, si muore di fame”.

“Vi suonerò qualcosa, va bene?”

Nel timore di un corale no e per non sciupare la festa, Roberto, giornalista della finanza infatuato di Mahler, divorziato di fresco e in preda all’illusoria frenesia di chi aspetta il traghetto per una nuova vita, si attacca alle corde della Yamaha di Nicola e ci azzanna con l’ubriacante malinconia dei Fab Four, che tanto il loro repertorio è sterminato e qualcuno le ricorderà pure le strofe che immaginano gente che vive in pace, animati sottomarini gialli, il figlio di madre natura, la commozione del lascia che sia, fanali che scintillano su strade lunghe e serpeggianti. Una dose di grazia che Bob non ci risparmia e che ammalia anche i due adolescenti del gruppo. Gironzolano avvinghiati, pronti a infrangere ogni barriera tra i sessi tanto sono vestiti uguali e hanno le stesse speranze camuffate nei jeans cascanti e un poco sozzi. Sono Francesca e Davide, primogenito di Enzo, fresco di fidanzamento con Mariella, ragazza del Sud morbida come un cannolo. Mi trituro di invidia per i loro diciassette anni e la voglia di bisticciare per l’euforia di trovare in un abbraccio fast food la coesione del sentirsi l’uno la clonazione estetica dell’altro. Francesca lo trastulla sognante, ridendo di battute che rinviano sine die lo spietato interrogativo, "chi sono?"

Dalla tavola una trapunta bianca e celeste si riversa sul pavimento spolverandolo con balze capricciose, doppi calici e bottiglie di cristallo, tovaglioli d'epoca, candelieri che grondano cera, piatti in ceramica uno diverso dall'altro poggiati su sottopiatti blu sembrano il parco divertimenti di un dipinto dell'Ottocento. Vera ha dato fondo a tutte le sue riserve di decadenza ma l'effetto è sorprendente, quasi quanto il nostro abbigliamento. Informale per i maschi, da gran sera per le ragazze. Roberto in tweed, camicia a quadri e bretelle, Gabriella che le metti addosso uno straccetto e la diresti la sosia di Caroline di Monaco, suo marito che sbuffa metodico dalla pipa, Nicola in jeans di velluto a coste, l'architetto Alberto, pallido e aristocratico con camicia gialla e pantaloni ruggine, che non trova la Luisa, occupata in una lotta disperata con il tacchino che non vuole saperne di uscire dal forno. Enzo sfoggia un gilet da collezione, a righe écru e nocciola, Davide e Francesca hanno cortesemente indossato felpe pulite, Vera in velluto Gigli ha l'aria di una che passava di lì e scusate se non ho niente da mettermi, mentre il sottoscritto, che li osserva estasiato, è l'unico ad avere ceduto al maglione con toppe sui gomiti, in nome e per conto di un'intera generazione. Cecilia litiga con il phon al piano di sopra, Vera non ha sostituito le prese perché, secondo lei, "nel secolo scorso i capelli si asciugavano all'aria aperta", mentre Lucia, giornalista di costume e attualità, in gonna lunga e maglione di cachemire nero, si rintana in cucina a controllare che tutto funzioni secondo le sue ossessioni per i cibi semplici e senza aglio né cipolle né spezie. Una noia mortale, che sfidiamo a colpi di sottaceti, patate fritte, maionese e frutta secca.

Sto bene. Senza amanti, ma con dentro qualcosa che associo alla clemenza di non essere solo. Merito del gruppo, che scalda più di una minestra.

“Vera, è un Natale dove manca qualcosa. Mi viene da frugarmi nelle tasche per controllare. Mi sento incompleto e Roberto mi ha fregato la chitarra”.

“L’impianto ad alta fedeltà è stato un’idea felice, Nicola. Mi mancava l’effetto madeleine dei dischi in vinile. Questi non li ascoltavo da almeno dieci anni”.

“A tavolaaaaa!”

Sulla colonna sonora del cenone si raggiunge rapidamente un accordo. Niente nenie natalizie, vietato anche solo il brusio di *Jingle Bell* e *Stille Nacht*, sì eterosessuale al duo Mogol-Battisti e alla Mannoia con tutto quello che le donne non dicono, imperativo “no” dei maschi al Grande prato verde invocato dalle femmine, generazionale rifiuto per Eminem e ogni genere di rapper suggeriti dai ragazzi, messi a tacere dall’autorità paterna con la concessione di una partita a Playstation. Seduti intorno al tavolo in ciliegio, una *fusion* di forchette e coltelli in argento, scampanellio di flûte e braccialetti, cappelletti in brodo di cappone, tacchino ripieno con castagne, intingoli a scelta tra salsa d’acciuga dolce o al prezzemolo, mousse di cioccolato bianco.

“Ora scartiamo i regali”.

“Non abbiamo ancora tagliato il panettone e sono solo le undici, bambini”.

“Non siamo bambini da anni, Vera”.

“È arrivato il momento di contarci, ragazzi: alzino la mano i pandoriani, che rifuggono uvette e canditi, tifando per la morbida spugna che si scioglie in bocca e la polverina evanescente dello zucchero a velo!”

“Ce n’è per tutti, Francesco, non ti agitare”.

“La scelta tra panettone e pandoro è di tipo etico, un po’ come decidere se baciarsi in piedi o baciarsi da seduti: due mondi, capite? Il tipo che ti bacia in piedi lo fa quando meno te lo aspetti. Questo può condurre a una pericolosa nevrosi. Cerchi segni premonitori in un’occhiata, nello scatto di un braccio, oppure ti perdi nell’analisi dell’illuminazione stradale, delle condizioni atmosferiche, tra le auto parcheggiate. Insomma, il bacio da marciapiede ha regole nascoste, casuali, ti lascia sospeso. Eppure è irresistibile. Quello da divano è scontato, potrebbe essere una finta".

"E se poi non ti bacia? Frustrante. Il divano è una certezza".

"A me non baciano da anni. Non mi ricordo più nemmeno come si fa".

"L'importante è quello che succede dopo. Quando si passa all'azione".

"Il dopo è niente se lo confronti con la succosa intimità del bacio sulla bocca, Alberto. Tu vivi ancora nel mito della scopata".

"Anche quella non mi ricordo più come si fa".

"O apriamo i regali o noi andremmo a telefonare".

"Il cellulare no, Davide, mi dispiace. Riceve il segnale a tratti e solo in alcuni punti della casa che sono off limits, per te".

"Che vacanza di merda, papà. Nemmeno gli auguri possiamo fare".

"Francesca può chiamare i suoi genitori dal fisso. E tu, a mezzanotte, telefona a tua madre, sai che è legata alle tradizioni".

"Papà, la mamma è in Messico, al caldo. Con un tizio che pare sia innamorato di lei. Potrebbe essere la sua ultima occasione".

Affranti dal dibattito e da noi adulti, in un guizzo di vitalità, i due adolescenti si candidano da Re Magi per la consegna dei doni, mentre Nicola sfida Roberto alla chitarra in un improbabile duello tra *Where do the Children Play* di Cat Stevens e *Mellow Yellow* di Donovan. Lucia trafuga dalla tavola i fallimentari avanzi dell'insapore insalata macrobiotica, mentre Cecilia ci propina un *son et lumières* casalingo con candele profumate che somigliano a zucche. Architetto delle emozioni, cancella in uno sbuffo gli artifizi di lampadari a gocce che pendono dai soffitti, cattedrali gotiche a testa in giù. Alberto le lancia il ghigno soddisfatto del professionista che si compiace di non avere allevato una serpe in studio.

"Voi babbioni sedete sui divani e noi distribuiamo i regali. Li peschiamo a caso, uno alla volta, voi attenetevi alle regole: i pacchetti vanno scartocciati lentamente, senza strappi, i fiocchi riposti in una cesta, il destinatario ha l'obbligo di leggere il biglietto, che verrà commentato ad alta voce. Vincerà il testo più compromettente".

Calici in mano, mezzi sbronzi, ormai ridiamo tutti. La grande famiglia si è ricomposta come un minestrone ben riuscito.

Dall'angolo della chaise-longue dove mi adagio sensuale, sbircio Vera e Nicola con insensato affetto da terzo incomodo. Nei loro occhi alticci di champagne leggo il conforto di avere realizzato in quello spicchio di campagna francese un buon investimento immobiliare, mentre quei due, strafottenti d'amore, si baciano accarezzando l'idea di un futuro ancora possibile.

"Sii puntuale, mi raccomando".

Con verbosa ufficialità, Nicola mi ha invitata a cena in un ristorante indiano.

"Ti è presa una frenesia, oggi! Che ti è successo? Indovino: ti hanno eletto Associato".

"Devo dirti una cosa importante".

Non essere pessimista, Vera. Perché deve avere incontrato un'altra?

"Va bene. Ci troviamo alle otto".

L'ho visto dall'angolo della strada, compunto come un bambino che va in chiesa. Mi ha messo davanti al naso un fascio di roselline bianche, come in una pellicola in bianco e nero, lui va da lei e le porge delle viole sulla soglia della villetta di famiglia. Poi la porta al ballo con la decappottabile.

Avevo appena avuto una visione sull'autobus, nella prima fila alla destra dell'autista una targhetta di plastica incisa in rosso recitava la frase "vietato sporgersi". Causa un riflesso sghembo della luce vi avevo letto un invito perentorio: "vietato innamorarsi". Non potevo dirglielo proprio in quel momento, le rose davano all'incontro un'aura di solennità.

Il porpora delle pareti e i lapislazzuli dei lampadari ricordavano il bazar di una Medina per turisti sfaccendati. Nicola aveva l'aria serafica, un accento di malizia sulle labbra, in cravatta e abito da bravo ragazzo, mentre la mia illimitata incapacità di anticipare un evento lieto censurava il benvenuto a una buona notizia.

Scorro il menu incerta tra il *Thali Bayankar* e il *Thali Bukara*.

"Il *Thali Bayankar* è più piccante, leggi, Vera, di ogni piatto sono elencati gli ingredienti".

"Di fronte al cibo esotico mi assale la pigrizia, Nicola".

"Faccio io. Tu rilassati e lasciati guidare".

"Ho fatto un salto in casa editrice, oggi".

"E...?"

"Oh, poco più di una visita di cortesia. Hanno chiesto notizie del libro. Ha molta più fiducia la mia editor di quanta ne abbia io nella possibilità di uscire viva dall'idea di quel romanzo.

"Un po' irreale – ha detto – ma provaci". Di solito non sbaglia. È un'intellettuale onesta che ha cuore. Merce rara.

"L'importante è gratificare i lettori".

"Deve piacere a me, prima che agli altri".

"A me piaci tu".

"Ti piaccio per ciò che faccio o per quello che sono?"

"Ma tu *sei* quello che fai".

"Io sono altro. Vorrei essere amata in modo astratto, immateriale. A me non importa dei tuoi contratti. A me importa di te".

"E se io fossi un mascalzone e mi comportassi con la squisitezza di una dama?"

"È sostanza, Nicola, non sottigliezza. Perché non capisci?"

La cena era un'occasione lieta.

Sono innamorata di lui, fosse per me glielo direi di continuo.

Fosse per me. E in nome di chi altro agisco?

L'insipiente àncora della mia esitazione incontrava le sue occhiate disarmanti e lui, con abilità da giocoliere, scommetteva con i birilli riuscendo a non farli cadere a terra.

"Ho trovato una casa che ti piacerà moltissimo".

L'ha detto senza pause. Proprio come il corno in un brano di Britten che richiede agli ottoni una sbalorditiva tenuta.

"E vissero felici e contenti. Hurrah!"

Illegittima difesa da un inebriante messaggio. Nicola declina verbi al futuro con la fretta di chi teme un diniego.

Ignorando il cattivo gusto della mia reazione, estrae dalla tasca un mazzo di chiavi legate con una corda, mentre un giovanotto dalla pelle d'ebano e dalla barba riccia e scura di catrame serve piatti pigmentati.

È più spontaneo di me che, davanti a un gesto gentile mi ritraggo, assecondando l'urgenza di rovinare tutto prima che lo facciano gli altri.

Un difetto che rivendevo come prudenza.

"Andiamo a vederla dopo cena. Vuoi?"

Testardo, quando si cacciava in testa qualcosa fingeva di essere sordo. Radicarmi, svegliarmi con lui ogni mattina.

"Vuoi giocare a marito e moglie, Nicola?"

"La differenza tra *Thali Bayankar* e *Thali Bukara* sta nella quantità di peperoncino che ci mettono, amore".

"Non si può decidere di vivere con qualcuno perché è più pratico".

"Vivere con te non lo è affatto, Vera. Voglio che tu sia il mio presente per sempre".

Se qualcuno è gentile, sospetto sempre che ci sia sotto qualcosa. Possibile che il mio fidanzato stesse facendo proprio a me quella proposta? E se mi avesse chiesto di sposarlo?

"Se abitiamo insieme non posso più starmene barricata in casa con l'accappatoio".

"Ti ho già vista in accappatoio, avevi l'influenza. In una coppia, la malattia è la prova del fuoco".

"Appunto. E se venissi colpita da un male incurabile? Pensa che calvario..."

"Vieni a vederla".

"Ti stancherai quando ti abituerai a me. Te ne andrai lasciandomi in eredità polverosi tomi di giurisprudenza".

"Giuro che li porto via".

La sua risata ha scansato l'insidioso pugno alla bocca dello stomaco, senza riuscire a frenare un vibrante attacco di tachicardia.

"Non dovrò portare via niente".

"E quando sarò davvero una vecchia?"

L'avevo detto. L'impronunziabile sostantivo era caduto tra le lune dorate del piatto senza arrendersi alle sue ciglia che non avevo il coraggio di guardare nel terrore di leggervi un'esitazione. Dovevo riordinare le idee, frastornata dall'eccitazione che suggeriva di prendere tempo. Nicola mi offriva un progetto senza sapere che si sciolgono come castelli di sabbia. Vuole trasformare le mie giornate, barattando protratti sacrifici con momentanee prosperità.

"La cena è stata deliziosa. Grazie. Accompagnami a un taxi, adesso, sono stanca".

Con Luca avevo dormito negli alberghi di diverse città del mondo, giacigli a quattro stelle dove lo raggiungevo quando dava il via libera. Di rado facevamo l'amore in un appartamento, se non per qualche pomeriggio rubato o frugali nottate dopo i suoi concerti: ci si appisolava nella casa dell'uno o dell'altro, soddisfatti di cibo, chiacchiere e sesso. C'era sempre un taxi da chiamare o la sua bicicletta posteggiata in cortile, pronta a ricondurre lui all'ordine e la mia anima all'attesa.

Rientrata a casa, il trillo apprensivo del telefono. Vi aveva letto una ritirata. Era incurabile bisogno di raccoglimento.

"Sembri offesa".

L'avevo mortificato, ma era necessario.

"Non è niente, Nicola".

Può la fame d'amore essere più forte di qualunque colpa?

Abitare insieme non significava vivere insieme. Al massimo saldava due diversità. Non è stata una scelta tormentata. Ma neppure spontanea. Con i nostri stipendi potevamo permetterci due case in affitto. Non era la mia prima convivenza, era la prima volta di qualcosa che avesse la soffocante eco di un'unione.

I libri. Quanti dovrei impilarne prima di suddividerli in macrogruppi di letteratura e saggistica, teatro, cinema, design? Il turismo, per esempio: la *San Sepolcro di Piero della Francesca*, conquista un posto tra le guide o nella sezione arte?

Il problema è la varia.

Li immagino schierati, un esercito dai dorsi rigidi, l'ordine alfabetico degli autori, le pagine sgualcite da dita poco accorte. Sto prendendo in seria considerazione l'ipotesi che davanti alla ciotola di spezie Nicola mi ha soffiato nelle orecchie. La sua domanda di quasi matrimonio sembra semplice, ma condividere un'intimità non fa combaciare delle nozioni o un pugno di amore. È qualcosa di solenne e commovente. Unire i pezzi di due case rivela all'altro il proprio fantasma. L'odio passa, la passione dilegua, il dolore resta e non è condivisibile, sbriciolarlo non lo sminuisce, perché il dolore non lo insegni, te lo tieni stretto come un ospite di riguardo.

Non è la risposta alla domanda, Vera. Nicola non ti sbugiarderà perché è un ragazzo buono.

In caso di considerazioni impegnative, una tisana zuccherata è nettare. Devo spiegargli, senza sentirmene fiera, che solo nell'eremitaggio risolvo i miei rovelli. La soluzione intermedia sarebbe quella di dare aria agli ambienti, tinteggiare le pareti, sbarazzare gli armadi di abiti importabili.

Un trasloco è un atto di coraggio. Addomestica il passato, lo smonta in pezzi e te lo restituisce candeggiato. Un contrassegno del cinema ricompone il filamento di un pomeriggio, un quadrifoglio secco ha la sagoma di un giorno favorito dalla sorte. Un biglietto del tram ha impressa la data e l'ora della corsa, ma che me ne faccio, adesso, di questo rettangolo da passeggero onesto?

“Fine pena mai” è un modo più gentile per dire “ergastolo”, vorrei che Nicola mi concedesse una pena a termine, che ammettesse una memoria sguarnita di componenti malate. Vorrei che non leggesse in me sdegni antichi, che emergono come tappi di sughero sul mare livellato della mia coscienza. O in un angolo di me stessa che rivendo da reticente instancabile. Non posso dividere il mio spazio fisico se non sono stata ancora capace di rivelargli i brani della vita che lo hanno preceduto.

Intendo restare invisibile.

In passato lasciai intravedere, senza riceverne in cambio risposte attente. Nicola meriterebbe un sì. Perseguirei l’ardire di farmi bella, inchiodata dal pensiero di non trovarlo più al mio ritorno. Nella mia cella, una vicinanza regolata dallo scorrere delle ore lo vincolerebbe a condividere il mio autismo, bocca spalancata sull’abisso, del quale orlavo i contorni. Non potrò più rifugiarmi nella mia bolla iridescente, basterebbe la punta di un ago e addio scuse. Dovrò sbandierare, senza intimorirlo, l’impossibilità di un perdono che non ha scomposto le sue strofe?

Imbrogliare è un’esperienza esaltante. La sua età mi vincola al patto di offrirmi sul serio e ascoltare frasi che rivendicano amore, non doveri e responsabilità.

Nicola è l’attività principale della mia vita. Ne avverte i passi, appassiti sonetti, quando mi abbraccia stretta, intuisce il dirupo segnalato dalle mie mani avvinghiate alle sue spalle, la spina dorsale arrotondata a formare una corona non dissimile dalla sagoma di un feto. In quei momenti il mio respiro parla, riflesso in due corpi salvati dal loro affiatamento. Se scappano lacrime raccolte nel terrore, mi stringe con maggiore vigoria.

Il mio appartamento mi piace ancora. Poniamo l’incognita di dividere casa e vita con un giovanotto che ha compiuto trentasei anni. Ad ogni ora del giorno dovrei essere pronta a riguadagnare tempo e a ringraziare Dio per avermi dato la possibilità di averlo visto da vicino. Non intendo ingannarlo, ma costruire intorno al precipizio onde di parole spiritose. Così non mi avrebbe presa. Né compresa. Ma amata. Coincidenze fortuite. Imbecilli quelli che dicono "bisogna essere se stessi". Io, se fossi stata me stessa, sarei già morta.

Qualcuno si sarebbe occupato di me. Proverei la gioia di prendermi cura di qualcuno.

Lo amo e mi alleno ogni giorno a imparare a farne a meno. Non sono mai riuscita a stabilire con precisione l'identità dell'amore, ben diversa dall'inaffidabile declivio dell'innamoramento. Eppure, piuttosto che fargli ascoltare quell'urlo, cui un sapiente aveva tolto il sonoro, mi sarei data fuoco.

"Non voglio che tu mi veda in accappatoio".

L'avevo detto quando non aveva ancora terminato la sua dichiarazione. Ho troncato sul nascere un'utopia.

Sono una stronza.

La tazza scotta. Seduta per terra, tiro verso di me la valigia di cuoio che ha la maniglia spezzata. È lercia come se ci avessero spalmato lucido da scarpe. Restaurarla mi è sempre parsa una spesa eccessiva, avrei potuto venderla in un mercato dell'usato.

Qui dentro c'è la mia famiglia.

Non l'ho mai mossa dal suo anfratto, lo spazio che la incastra sembra studiato su misura da un arredatore lungimirante. Inchiodata dalla metodica mano della Provvidenza tra due pannelli di muro, è passata inosservata. Quella gente doveva stare in esilio nella fodera di seta verde bottiglia che, placenta vischiosa, infagotta lettere in busta, scatole di bottoni e spille da balia. Fotografie.

La apro. Decine di rettangoli in bianco e nero, ammuffiti. Ne faccio mazzetti e li impilo uno sull'altro, la data sul retro in bella calligrafia mi dà un'età sulla quale riflettere.

Cerco a ritroso, non rammento quando sia cominciata l'infanzia né lo strappo che ne ha segnato la fine. Gli anni che hanno preceduto lo studio davanti alla valigia sono trascorsi senza cronologie da segnare in rosso. Questi cartoncini ingialliti avrebbero trovato degna collocazione sulle pagine degli album dalla copertina in pelle di cui conservavo qualche esemplare. Mia madre, puntigliosa cassiera da bar, le arricchiva con didascalie. Dei battesimi era indicato il nome del sacerdote che aveva bagnato d'acqua santa le sue dita, tanti don e qualche cosa, che avevano guidato le ore di catechismo e posavano con me nella fotografia della Cresima, io in piedi tra i genitori, miniaturizzata sposa di Cristo, improbabile sposa dell'uomo.

Nel salto fra i costoni di roccia tra l'indistinto prima e l'eccitato presente che ha le vene azzurre di Nicola c'è un fiume che intravedo dall'alto, ansa turchese o cemento di lava corrosa. Sull'acqua fluttuano memorie dissolte come lacrime in un fazzoletto. Nessun grumo di nostalgia. Una volta arrivata dall'altra parte non ho più voltato il capo, immersa nel mio fortunoso anonimato. Davanti alla valigia, presa alla sprovvista dalle chiavi che Nicola tintinnava incurante della timidezza che mi gelava, non rammento la data di nascita di mia madre. Di mio padre. E dei morti. Mi concentro sulle zie, una specie che non circoscrive un rapporto impresso da un sigillo, più o meno come le cognate, le suocere, le nuore: legami senza sangue, scomponibili con rapidi divorzi. Le zie hanno una foggia familiare. Segregate in cornici che tolgono vento dai loro capelli, sopportavano tradimenti e apatia. La zia *comesichiama* ha la crocchia, ventisette anni e ne dimostra quaranta, ma dopo tanti figli il corpo se ne va, le gambe cedono e il viso esprime tutto ciò di cui un marito ti ha privata. Primo fra tutti l'amor proprio. Alcune celavano, sotto i grembiuli, ventri flaccidi che regalavano loro un aspetto docile. Anche mia madre sarebbe grassa, se non fosse morta prima. Non potevo dire a Nicola che avevo tirato fuori tutta quella gente, distribuendola per terra. Le figurine dei calciatori almeno le puoi dividere per squadre a partire dalle righe della maglia. La sintesi di quelle fattezze ero io. Un risultato. Ammesso che tu abbia in mente di te bambina con la pelle liscia. Ordinarle nella valigia apre un varco nel racconto come i punti che cadono dall'ago da maglia e puoi recuperarli con il lavoro paziente di un uncinetto. La difficoltà sta nel filo, una volta che hai tirato su il punto, chi ricompone la tessitura? Mi avrebbe voluta con tutta quella folla dentro? E la valigia e la petulanza che usano i ragazzini per capire fino a che punto li sopporti? E dunque li ami.

Potrò continuare a inventare storie di famiglie e antenati senza distogliere il mio innamorato dalla sua fermezza.

Andrò a vedere quella casa.

FRANCESCO

Via Fatebenefratelli. Le dieci e quarantasette. Ci arrivo a piedi. Non riesco a salire su un taxi, figurati la metropolitana. Il vicequestore capo, qualifica temibile contraddetta da un cedevole accento romano, mi ha convocato. Sono frutto di una rubrica sequestrata, la Piera avrà fatto il mio nome. Vederlo mi aiuterà a capire.

"So quello che è successo, dottore".

Quello che non so, è se Vera è morta perché era troppo triste.

"Venga in Questura e chieda di me".

Non mi era mai capitato di andarci a parlare di un amico, al massimo a rinnovare il passaporto. Mi punterà un faro addosso e avrò i miei sacrosanti minuti di celebrità.

Al bar di fronte, davanti a un televisore messo alle strette tra bicchieri e bottiglie, la gente sta con il naso in su, neanche fosse una finale di Champions League. Sono uomini, donne e ragazzi diversi per classe sociale, interessi, stili. Il delitto di Vera non è straordinario. Urta con una sola domanda: potrebbe accadere a me? Il seme del male che immaginavo discosto, germoglia in qualunque giardino. Lo specchio mi rimanda le fattezze di un estraneo, occhiaie viola e lineamenti alterati da una barba incivile. Non ho nulla da nascondere. E ho pagato il bollo auto.

Irrompo nell'androne, le mani libere, non penso a niente. Quattro giovani in divisa con il distintivo appuntato sulla giacca siedono in un gabbiotto di vetro. Hanno facce da ragazzi per bene. Il più carino legge la *Gazzetta dello Sport* e mi viene voglia di raccontargli che Nicola e io giocavamo a calcio da dilettanti e ci divertivamo moltissimo. Allento i muscoli e mi sento in colpa. Mi hanno chiamato qui a parlare di qualcuno che conoscevo. Nessuno mi tenderà tranelli.

"Il dottor Perilli, per favore: ho un appuntamento".

Non trovo espressione migliore per indicare l'incontro che mi aspetta. Come definirlo se non un interrogatorio?

Quello carino alza gli occhi dal giornale e mi chiede le generalità, non un documento. Si fida, forse.

Cerca il numero interno sullo schermo del computer. Ma non è uno famoso il capo della Omicidi? mi viene da chiedere, mentre l'aria diventa petrolio. È la vista della Beretta 92 nella fondina, che inebetisce come una pasticca di calmante.

"Venga".

Seguo un poliziotto dai capelli corvini, le basette scolpite ai lati di un viso rotondo, occhi che profumano di mandorlo. Attraversiamo un cortile dai muri mascherati da impalcature, la polvere cade addosso agli operai appesi a un ponteggio, sulle nostre teste il cielo sfibra nell'azzurro. Voltiamo a sinistra, percorriamo veloci un porticato. Imbocchiamo un corridoio ritmato da nomi e sigle che ricordano i titoli di una serie televisiva. Lungo la corsia di questo inferno dell'illegalità penso a Simenon, sento odore di Pernod. Incrocio persone cui fa da scudo la rigida uniforme. Nel passaggio dalla regolarità dei miei giorni di professionista dell'idiozia legalizzata, la pubblicità, alla straordinarietà del colloquio che mi attende, nulla appare più corrotto di uno slogan. Gli ultimi dati resi noti da una ricerca dell'Università La Sapienza di Roma rilevano che in Italia, tra le mura domestiche, si consuma di media un omicidio ogni sei giorni. La tipologia più diffusa, l'uxoricidio. Quella di Vera e Nicola era una famiglia. La loro famiglia personale. Il 62,9% uccide in casa, il 27,4% in camera da letto. Tento un aggancio alla statistica, ma non funziona: lo ha fatto fuori in salone, un luogo di condivisione, la salvaguardia di una serenità da vetrina.

Arranco dietro il mio angelo moro, saliamo una rampa di scale e decido per l'ennesima volta che devo smettere di fumare.

"Hanno già finito da questa parte".

"Sì, sono gli uffici amministrativi".

"Lavora qui da molto?"

Il suo non mi sembra un lavoro, piuttosto un modo per proteggere il mio sconquasso.

"Quattro anni".

"Le piace?"

"Sì".

A sinistra dello stipite di una porta socchiusa, una targhetta di plastica indica che siamo arrivati: "Dottor Gianfranco Perilli. Reati contro la persona".

Non c'è scritto "omicidi".

Mi viene incontro un signore gentile, ondeggiando tra mobili e scartoffie. Non ho salutato il mio accompagnatore, congedatosi come un domestico educato.

"Si accomodi, architetto".

L'uomo dalla voce roca ha su di me un vantaggio supremo. Li ha visti e non sa quanto continuo ad amarli. Chiude la porta dietro di noi. Sulla parete, accanto al Cristo in croce, un poster incorniciato dei giudici Falcone e Borsellino, la sigaretta fra le dita e l'incoscienza soddisfatta di chi è convinto di avere diritto a un futuro perché fa bene il suo mestiere.

Camicia celeste e completo di lana fumé, il vicequestore mi porge la mano e si presenta. Indica una sedia di fronte alla scrivania, davanti a noi un computer che immagino popolato di dati sull'umanità. Siede e mi fa accomodare accanto a lui. Niente faro, nessuna esibizione di potere. Sono da un consulente che ha da dirmi ciò che non so. Parole, pause, esitazioni saranno messe a verbale. Resterò agli atti.

Entra un agente, saluta con un cenno del capo e accende un portatile nero. Armeggia sui tasti con dita grosse come carote, avvezzo alla calma innaturale che è calata nella stanza. Sto per consegnare in mani sicure il segreto dell'angoscia che mi annoda le budella. Vedo Nicola dietro le sue spalle, ricorda il fantasma di Banquo: io non ho fatto niente altro che sperare che la vita continuasse con innocui sobbalzi del cuore, qualche storia di sesso, campagne pubblicitarie dai colori sgargianti. Lui era il mio migliore amico.

"Vorrei solo farle qualche domanda".

Guardo dalla finestra che dà sul viale. Fuori, nulla è cambiato davvero. Mi sistemo impettito sulla seggiola: sono pronto. Devo parlare, non confessare. Quest'uomo vuole informazioni, non emozioni.

"Mi parli di lei, architetto".

"Ho quarant'anni, faccio il copy in un'agenzia".

"Conosceva Vera Solari e Nicola Rovati da molto tempo?"

"Nicola era un compagno di liceo, mi presentò Vera dopo poco che si conobbero, sette anni fa. Eravamo inseparabili, dottore".

"Siamo intervenuti subito e li abbiamo trovati morti".

"L'ho letto sul giornale: sanno sempre tutto, quelli".

"Può descrivere i loro rapporti?"

"Erano una coppia, non so che dirle, sono sconvolto anch'io. O forse lei non è sconvolto, dottore, lei è abituato, vero?"

"Non ci si abitua mai. Quando li ha visti per l'ultima volta e dove?"

"Ho giocato a tennis con Nicola lunedì sera. Vera ci ha raggiunti in un ristorante giapponese, a loro piaceva il *sushi*. Io non sopporto il pesce crudo, così mangio *tempura*, ha presente? Fritto nell'olio. Pessimo per il fegato".

“La signora aveva mai lamentato con lei insoddisfazione per il rapporto col Rovati?”

“Tra Vera e me si era creata confidenza, ci raccontavamo i fatti nostri. Ci piaceva andare a bere cioccolata calda da Cucchi. No, dottore, Vera non si lamentava di Nicola. Si lamentava solo di se stessa”.

“Faceva uso di antidepressivi, che lei sappia?”

“Non era più depressa di quanto lo siamo tutti, dottore. Siamo una legione, noi depressi, ma sappiamo anche riderci sopra. E chiuderci in casa, aspettando che passi”.

“Le sembra un’ipotesi verosimile che l’avvocato Rovati avesse un’altra relazione?”

Mi sto innervosendo, da uno così mi aspettavo domande più profonde, cazzo. Nicola non era uno qualunque. Fatico a mantenere la posizione sulla sedia, ho una sorta di sasso dentro la pancia e vorrei sputarlo. Lo credevo capace di togliermi il peso. Invece vuole solo sapere i fatti loro.

“Nulla mi sembra verosimile. Nicola non mi ha mai parlato di altre donne”.

“Lei era a conoscenza del fatto che la signora Solari possedesse un’arma?”

“No, dottore. Mi fa ridere l’idea che Vera maneggi rivoltelle, mi creda. In casa non faceva niente. Ordinava i libri e soprattutto i vestiti nell’armadio: li divideva per gradazioni. Una maniaca. Ma scusi, dottore, una persona normale può comprarsi una pistola?”

“Sì, se ha un regolare porto d’armi. Quella che ha usato la signora risaliva agli anni sessanta. Abbiamo trovato la custodia in una vecchia valigia di cuoio. Per ora è tutto. Se le viene in mente anche un episodio insignificante che possa aiutarmi, mi chiami. Non esiti.”

“Dottore, perché è successo?”

“Si ricostruisce con buona approssimazione, molto spesso non se ne comprendono le ragioni. Terremo una conferenza stampa nel pomeriggio. I giornalisti premono.

Incontrarli è utile per evitare interpretazioni arbitrarie. Comunque...”

“Comunque?”

“C’è sempre una forma di sofferenza psichica in questi casi”.

Vorrei vomitare la collera che mi opprime e di cui mi vergogno, perché mi metterei a piangere davanti a uno che chissà quanti ne ha visti così deboli, nevrotici e stanchi.

La campana di San Marco rintocca a morto, una, due, tre volte e penso che devo smetterla di immaginare cose che non esistono.

L'entrata si allargava verso una corte inghirlandata da un reticolato di rami che attendevano una pioggia di glicine.

"La vedrai ogni mattina dalla camera da letto".

"O durante le mie notti insonni".

"O mentre facciamo l'amore, il sabato pomeriggio".

"E tu mi hai tradita il venerdì precedente con la vicina di casa".

"E se fosse centenaria?"

"Conosco i tuoi gusti".

Nicola somiglia all'incaricato di un'agenzia immobiliare e io alla potenziale cliente di un desiderio che sta dandosi una regola.

Il portone, ritoccato di fresco, è datato 1901. Al piano terreno, sulla destra, c'è l'ufficio dismesso di un geometra che, ingrassato dall'ebbrezza edilizia, negli anni settanta trasferì disegni e progetti in un palazzo del centro. Ora è l'eredità di una nipote che lo vende per comprarsi un cavallo. Un ufficio malandato con annesso magazzino in cambio della libertà di galoppo.

"Non scoraggiarti, amore, è stata chiusa decenni, possiamo ancora trattare sul prezzo. Chiudi gli occhi e sfrutta l'immaginazione".

Era un locale spazioso dal pavimento in rovere malconcio, una nave corsara cui mancavano delle doghe. Accostati a una colonna centrale, decorati di lilium liberty, due caloriferi in ghisa scaldavano solo a guardarli. I muri dall'aspetto massiccio e dall'andamento tortuoso, erano tappezzati di carta da parati a rose stinte su fondo giallo. Le porte si scortecciavano con un'unghia. Il laboratorio sotterraneo si raggiungeva con una scala traballante, ma intera.

"Ne possiamo ricavare tre piani, con un ballatoio in ferro sembrerà una biblioteca, lassù allestiremo il tuo studio. Cecilia e Alberto saranno d'accordo?"

Ritmava come un canto la parola amore, sembrava avere preso un rendez-vous con se stesso cedendo a me le sue insicurezze. Sono io quella che la pronuncia di continuo, obiettando la nostra inseparabilità. Nicola, prediletto dalle assistenti di studio, decide per me.

Camminavo in punta di piedi nella casa da ristrutturare, uno spazio che non mi avrebbe fatto male.

"La vedo chiara, ma non bianca. Che ne dici di un ocra diluito nella neve? E vaporosi tendaggi in garza".

"E vada per il tuorlo d'uovo".

La testa scarmigliata di Nicola era in sintonia con il caos di quell'habitat, dove malcapitate segretarie avranno consumato i loro anni migliori dietro uno sportello di legno.

"Nicola, ecco una perfetta boiserie per la cucina, che sistemeremo di sotto".

Nel bagno le mattonelle in ceramica bianca erano ingiallite dagli anni.

"Possiamo salvare molto di queste anticaglie, Vera".

"Basta che Alberto e Cecilia non ci sfiniscano con una cucina tecnologica. Quei due la riempiranno di elettrodomestici inutili e decorativi, lavello con doppia vasca e un frigorifero formato famiglia".

Il mio fidanzato scansava la mobilia, ragazzino furbo che ha finalmente capito le regole di un nuovo gioco da tavolo e tenta di spiegartelo.

Avvicinandomi a una delle finestre del piano terra, ho immaginato la musica. Conciliare il suono sarà una delle questioni spinose da affrontare: Mozart e Springsteen, il suo Haendel e i miei romantici, la sua chitarra e il mio pianoforte, magma sonoro accordabile con cuffie e doppio stereo.

Tutto tranne suggerire l'identità di una coppia imballata in una cornice di peltro. Annunci che compri casa e gli amici ti chiedono, con sarcasmo: "Quando vi sposate?" Il nostro dislivello anagrafico ci salvava dal conformismo, ma non mancavano le mezze frasi, ambigue ed equivoche. In molti sbirciavano la nostra storia per vedere quanto avremmo resistito. Meglio, fino a quando Nicola avrebbe resistito. La felicità non si sopporta a lungo e tutti, a cominciare da me, aspettavano al varco un nuovo incontro.

Non c'è niente di meno opportuno che trovare il lasciapassare di un'autobiografia che hai desiderato da quando eri una bambina chiusa a chiave e sentirlo scricchiolare come un'anticipazione.

Protetta dal braccio di Nicola, accetto la sua proposta.

"Compriamola. Voglio te e ti amo".

L'imprudenza della mia voce non mi spaventa più.

"Diventerà bellissima".

Ha steso il suo cappotto su una poltrona sgangherata, mi ha messa a cavalcioni su di lui. Ha chiuso i miei occhi con un bacio. È scivolato in me muovendosi piano, goccia di pianto lieve, il corpo immerso nel mio.

E mi ha ringraziata.

FRANCESCO

La notizia apre i sommari dei telegiornali. Mezzibusti impettiti e conduttrici truccate da Barbie enunciano titoli secchi come scosse: “Delitto nella Milano della cultura”, “Milano: spara al compagno e si uccide con la stessa arma”, “Ucciso dalla fidanzata, choc a Milano”, “Omicidio a Milano: si cerca nel computer della scrittrice”.

Potrebbero tessere un mosaico con manciate da archivio.

Tanto la morte è ripetizione.

Durata media di un servizio: tre minuti. Un’eternità se parlano dei tuoi amici. Un’occasione perduta, se suona il telefono e devi spiegare che ti va di stare solo.

“Tutto bene, non mi serve niente. Sì, lo vedo, è uno scempio, li stanno massacrando. Non piangere, Gabriella, ti chiamo domani”.

Spengo il cellulare, saturo di messaggi e condoglianze. Mi infliggo i notiziari. Nessuna ricercatezza di linguaggio, pudore a parole e morbose insistenze su dettagli da canovaccio di nera.

“Inspiegabile”, ripetono, mentre eccitati dall’inspiegabilità mi rovesciano addosso non voci ma rutti. Non mi stupirebbero uno speciale o una puntata di *Porta a Porta* registrata, a caldo, nel pomeriggio.

Le inquadrature sono sberle al mio candore idiota, ma resto incollato alla sedia e mi attacco, digiuno, alla prima Ceres della giornata. Hanno cenato a casa. E domani sapremo se il menu può avere alterato l'umore di Vera portando all'omicidio volontario. Alternano sfibranti primi piani della porta sigillata alla cappa rosa Gigli che lascia in vista le clavicole, ossa che lei adorava tenere scoperte perché "facevano raffinato". Nicola al suo fianco, nella prima fila della platea di un premio letterario.

Un inviato scalpita intorno al volto dell'inquilina del terzo piano, la telecamera fruga, scavatrice tenace, tra le crepe sul viso dell'anziana signora offrendo scene ad alto tasso di emotività. L'esclamazione rimbalza piatta nel registratore: "Li ho incontrati ieri sera, sembravano tranquilli. L'avvocato era un uomo galante". Quasi che cedere il passo escluda la possibilità che la tua fidanzata ti spari un colpo alla testa. Giudizi regalati, basati sul nulla. Il dirimpettaio è poco più di un'ombra. Non sappiamo se odia la moglie, se picchia i bambini, se sta deperendo di segreta solitudine.

Chi cade nella tagliola dell'apparizione televisiva afferma con indelicata sicurezza che Nicola era un mite: "Passava di qui la mattina, beveva un caffè e sfogliava il giornale – dichiara il tabaccaio – la signora veniva di rado. Sa, aveva smesso di fumare".

La commessa di una boutique, spalmata di ombretto verde, ricorda "una coppia molto unita, senza screzi". Non ha titoli per parlare. Quel negozio vende capi che Vera non avrebbe mai indossato. Devo immaginarla con la testa fasciata. La sua cloche di feltro coprirà il sudario di garza che avranno avvolto sulla sua fronte. Non credo si possa seppellire qualcuno con il cappello, potrebbero fare un'eccezione per lei? Lo storico sarcofago di Sarah Bernhardt venne imbottito di biglietti di ammiratori e amanti. Potrei suggerirlo, se avessi qualcuno con cui parlarne.

Lei ci avrebbe fatto caso.

"Gli inquirenti coprono la vicenda con il massimo riserbo", officia la voce fuori campo mentre scorrono stralci della conferenza stampa. Davanti a una boscaglia di microfoni affamati di notizie, Perilli racconta senza enfasi. L'ho visto una sola volta, eppure la sua figura infonde temporaneo coraggio. Un tipo in camicia azzurra e visiera calata sulla fronte regge tra le mani la foto della patente di Nicola, battendola come a un'asta di dipinti. Una fotografia sgranata, sguaiata visione di futuro interrotto. E tra il prima e il dopo, che non scorgo, sta tesa la corda della mia desolazione, cui ora mi aggrappo, alcolizzato.

Alla seconda Ceres l'illuminante voce di un reporter declama: "I due erano fidanzati da sette anni e sebbene gli inquirenti non rilascino dichiarazioni, sembra si tratti di un delitto passionale".

E provate a ribattere che la passione indica un sacco di cose, basta prendere in mano un dizionario. O dare un'occhiata a un cuore qualunque.

Ribadiscono: "Gli investigatori si concentrano sugli ultimi giorni della coppia alla ricerca di un sintomo che possa spiegare la tragedia. Qualche informazione potrà arrivare dalla consultazione del computer sequestrato".

Vorrei squarciare i loro ventrilòqui e congedarmi dalle loro nefandezze, suggerendo che siamo tutti normali fino a quando qualcosa non ci rende esplosivi come una revolverata che circoscrive una qualsiasi patologia.

C'è solo la rassicurante evidenza di una mente sconvolta. Vera è un'assassina da compiangere, priva delle suggestioni letterarie che i commentatori citano con puntiglio dai loro palcoscenici catodici. Se fosse rimasta viva, avrebbero trovato in lei un conveniente disturbo della personalità.

Ci è capitato spesso di perderci
in dispute molto sottili
e trattare argomenti difficili
per le nostre possibilità.

Quel coro, che Euripide vergò di sangue per Medea, ora siamo noi: amici e poliziotti, vicini di casa e curiosi, giornalisti e medici legali. I conti non tornano: Medea per vendetta uccise i suoi figli, non l'uomo che amava.

Vengono caricati da braccia esauste in due bare argentate, sarcofagi prodotti in serie. Quella condizione azzera le differenze di peso, sesso, censo, carattere. Ci annienta nell'amalgama di corpi violentati. E per un attimo, un solo piccolo attimo, provo, come un dono, il desiderio di sdraiarmi accanto a loro. Calore e freddo. Vita e respiro spezzato, del quale non sento battiti e sospiri e nemmeno una risata. Impaurito dalla diversità.

Dissolvenza su un primo piano di Nicola, che lei aveva tante volte accarezzato in pubblico esibendolo da regalìa destinata a una regina. Nessuna pena per Vera avrebbe potuto essere più dolorosa di vivere senza la premura di quei lineamenti.

Lo zelante approfondimento del "vittimologo" parla di casi in cui la figura del criminale si fonde con quella della vittima, predisposta a essere al tempo stesso colpevole e vittima, ma che può anche trattarsi del contrario e cioè del caso di "vittima sacrificale che trova nella morte il compimento di una missione inconscia".

Eccoci al dunque. Vera e Nicola, entrambi colpevoli entrambi vittime e dunque entrambi innocenti, sono entrati nella casistica e io mi sento sollevato. In sintesi, lei lo ha ucciso ma lui se l'è voluta.

Commissionano un sondaggio su un campione di donne che si accompagnano a uomini più giovani, citano coppie famose e osano la scellerata domanda da settimanale femminile: "Quali sono secondo lei le ragioni dell'omicidio-suicidio?"

L'astuto sociologo declina la durata media di una relazione di quel tipo: l'avessero guardata da vicino, almeno. Magari non sopportava il distacco, quello che non si elude, anche quando sei giovane e bello e ti senti invincibile perché sei innamorato e corrisposto.

I più scafati, che sono riusciti a entrare nell'appartamento, lo descrivono "a posto", "senza segni di violenza e colluttazione". Due corpi riversi l'uno sull'altro, morti allacciati, non dopo una lite.

Avrà riflettuto, prima di infilare il suo indice nel grilletto e schiacciarlo con tocco soffocato?

La morte è stata istantanea.

Il cattedratico della Clinica di Psichiatria dell'Università documenta l'incremento dei casi di depressione nella nostra società: "La malattia depressiva deve essere diagnosticata, la persona malata va curata in una struttura psichiatrica. Raptus è un'espressione tecnica, divenuta luogo comune. Queste tragedie sembrano improvvise, ma derivano da tutta la storia dell'individuo. Un malessere profondo che trova espressione nell'assassinio esprime ostilità".

Stappo la terza birra, una Pilsner Urquell stavolta, e sragiono da pubblicitario. Il dottorone, camice bianco, fisico tondeggiante e volto abbronzato, non mi spiega perché la supposta ostilità di Vera si sia riflessa sull'unico uomo che amava, e nel mio imminente incubo etilico la vedo vagare nella corsia bianca di un manicomio. Guardata a vista, indossa uno dei suoi tubini color pastello, la sigaretta fra le labbra, gli occhi disabitati di una donna che ha eliminato da sé l'unica cosa che la teneva in vita.

Non sopporto i giornalisti, placano gli animi con formule buone per ogni palato, ma resisto, colato a picco sotto il peso della mia flaccidità. Li ascolto.

Altro giro, altro commento, stringato, stavolta: "La nostra è una società povera di dialogo". A me sembrava che quei due parlassero moltissimo. La definiscono la "killer", una killer incensurata. Consolatorio.

Ogni tg è munito di strizzacervelli, qualcuno parla di un generico stato di psicoalterazione, mentre i cameramen inquadrano le colleghe di Nicola, il cerchietto di tartaruga fra i capelli, firmate dalla testa ai piedi, genere di umani che Vera ignorava con sovrana indifferenza. Il mascara cola su guance brunite dal fard, parlano come se avessero perso un fidanzato universale. Aprire lo studio stamattina non deve essere stato facile per loro, che sistemano fisici palestrati davanti alla telecamera, fazzoletti alla mano e mugolano: "Il dolore è ancora troppo forte per dire qualcosa".

Sfatto come un brandello di carne abbandonata sul tavolo da giorni, mi affido alle parole dell'ultimo esperto di cervelli bacati che guarda diritto in video, avvezzo alla luce rossa della telecamera: "Queste esplosioni di follia sono fatalmente precedute da segnali d'allarme che bisogna decodificare per tempo. Il nervosismo, la cupezza di una persona, il suo chiudersi a riccio sono sintomi che non vanno sottovalutati. L'omicidio di una persona che ama non è proprio un crimine. Si può ipotizzare, con tutta la cautela possibile, che il loro fosse un amore malato".

Come se potessero esistere amori sani.

Mi stravacco, molle. Voglio arrivare alla Rassegna Stampa e registrare su videocassetta.

Insinuano un tradimento, Vera non avrebbe sopportato il rimpiazzo. Nicola era pigro. Me ne sarei accorto. Perché non me ne sono accorto? E se fosse stato un male, un male grave, intendo? Eppure i malati resistono più di altri alla lusinga del suicidio. Ti dicono che hai il cancro, la fragilità diviene superbia e il più insignificante dei giochi d'infanzia indispensabile.

È una strana settimana fitta di delitti, il servizio notturno ha una coda, otteniamo un approfondimento, segno che una passione andata a male alza l'ascolto. Non mi sfugge il dato più insistente: in Italia avvengono centinaia di omicidi l'anno. Interesse, liti che degenerano, vendetta, rapina, gelosia.

Per capire in quale settore collocare Vera e Nicola, dovrei conoscere il movente, vocabolo misero e inadeguato, tuttavia rincuorante per me, che mi sveglio di soprassalto davanti a una televendita.

VERA

“Hai voglia di leggere?”

Nicola asciuga le stoviglie e le ripone nella credenza a millimetrica distanza l’una dall’altra. Prepara il caffè allungandolo con acqua bollente. Non sopporta quelli che “no, se bevo un caffè dopo le cinque non chiudo occhio”. Lui dorme con la testa leggera come un palloncino. La camicia è scivolata fuori dal pullover, i polsini sono inumiditi dall’acqua del rubinetto che perde perché sono mesi che dimentichiamo di chiamare un idraulico. Libero dalla cravatta attira baci sul pomo d’Adamo. Sa di tabacco.

“Il contratto con la Deutsche Bank mi distrugge, sono stanco morto”.

Fa apposta, conosce la mia impazienza, sa che senza di lui i miei scritti vagano nell’anarchia.

Si avvicina con aria pressappoco solenne, tenendo la tazza in bilico sul vassoio. Si accomoda sul divano allungando le gambe sul tavolino.

“I tuoi romanzi sono la strada maestra che mi condurrà alla condizione ideale per i prossimi anni: quella del mantenuto”.

Mi pigio su di lui, grata e scodinzolante.

Non è proprio uno scrivere. Schizzo pensieri, assemblo frantumi che sfiorano la trama e se ne allontanano quando la memoria duole come un dente cariato. Nicola legge le parole tirate sul foglio, acquerelli dai colori evanescenti da imbrattare di pennellate ottimiste.

“Mettiti comoda, vieni qui”.

Rotolo sorniona sul suo petto. Tiene il foglio sollevato, simula concentrazione su quegli scampoli e prende la parola.

“Non sono un artista, ma so leggere”.

Non vuole essere da meno di Luca, che risolveva con naturalezza un problema spostando capoversi e organizzando le vite dei personaggi nei miei romanzi come su una scacchiera. Ne restava distante e censurava tutto ciò che avrebbe potuto rimandare a lui. Inseguiva la forma, puntellava verità che, a suo avviso, parlavano a voce troppo alta. Si può temere un amore di carta? Luca diceva che il mio difetto più grave era quello di amarlo troppo. E, dunque, di amarlo male.

Nicola non aveva nulla di cui preoccuparsi.

“Di che si tratta?”

“Prendo appunti sulla solitudine, mi sembra un argomento interessante”.

“Essere soli è innaturale e inevitabile”.

“Applausi, avvocato. Stare soli mi sembra una forma di orgoglio”.

“Sei una donna curiosa, gentile, ammirata: di che ti preoccupi?”

“So stare sola. È solitudine, però, non indipendenza. Bastare a me stessa senza avere bisogno della tua presenza? Non ci sono ancora”.

“Io non mi pongo nemmeno il problema. Se voglio solitudine, me la prendo. Parlami del libro, adesso, non divaghiamo”.

“Sono le avventure di una ragazzina con eccessi di fantasia”.

“Cosa vuoi che importi ai lettori di una bambina?”

“Ogni storia nasce dall’infanzia”.

“Ha un nome questa baby-best-seller?”

"Non si chiama".
"Ma fa sesso?"
"Nicola, il sesso non è roba da bambini!"
"E chi lo dice? Io alla scuola materna volevo strusciarmi tra le gambe della maestra che aveva cosce rotonde come meloni".
"Tutti i bambini fanno sogni erotici".
"Volevo toccarla".
"Fortunatamente questa bella abitudine ti è rimasta".
"La preside convocava i miei genitori, convinta che quella precocità avrebbe avuto ripercussioni sul mio sviluppo".
"Infatti adesso ti piacciono magre".
"Avrei voluto infilarci le dita in quella carne burrosa e pizzicarla, ma indossava calze spesse, gonne di vigogna al ginocchio e un cappello di panno tenuto su da uno spillone".
"Io non mi ricordo nemmeno la faccia della mia maestra. Mi lascerai per una trentenne dalle gambe tornite, una maestra da spogliare".
"Io non ti lascio".
"Con tutte le praticanti che girano per lo studio?"
"Ne ho tre che mi fanno la corte. Le immagino mezze nude avvolte in voluttuose sottovesti di seta".
"Dici sempre che il massimo dell'erotismo è un corpo nudo sotto una T-shirt extra-large".
"Non esiste possibilità che io mi innamori di donne così. E poi a te l'extra-large arriva alle caviglie. Mettiti in testa che non sei riproducibile. Mi piace tutto di te, difetti compresi: la fossetta sul mento, le braccia magre, il seno piccolo, la cicatrice sotto il labbro, la schiena con i disegni e anche il tuo sedere. Mia madre è una donna alta di statura e molto riservata. Edipo non c'entra".
"Chiaro. Ma alla tua età non hai avuto molte esperienze".
Meglio puntualizzare.
Non mi ritenevo degna. In me non esisteva posto per

l'abbondanza. Credevo a Nicola. Non credevo ai miei occhi.

"Leggiamo, adesso".

"Sono appunti".

"Vado pazzo per i tuoi appunti".

"Leggi tu. Ascoltando mi accorgo di errori e ripetizioni".

***

Tutti i giorni alle quattro e mezza, sulla soglia del cancello faceva il gioco della cieca: chiudeva gli occhi e si dondolava col busto avanti e indietro fino a quando la testa girava come una pallina. Qualcuno sarebbe arrivato a portarla via da lì. I compagni di scuola correvano incontro a signore dalla vita sottile e dalle palpebre rosa sulle quali era disegnata una riga di eye-liner. Donne giovani che odoravano di cipria, avevano un marito puntuale a casa per l'ora di cena, le pantofole accanto alla poltrona del tinello e lo stomaco da riempire di cose buone. Sua madre arrivava con il cappotto sbottonato, le calze di nylon marrone e le scarpe basse con la para in gomma. Non indossava il cappello né i guanti di capretto col bottoncino e neppure si truccava.

"Non ho tempo da perdere", diceva.

Tornavano a casa, loro due, in un malandato passeggio, dal panettiere le comprava una focaccina rotonda, con l'olio che galleggiava dentro buchi simili a dita di poppante.

"Come è andata?"

"Solito".

Frequentava la quinta elementare di una grande scuola con aule dalle finestre alte, le tende nocciola e i vetri sporchi.

I calzettoni, di cotone bianco o blu, rotolavano alle caviglie. A furia di lavarli, l'elastico si era smollato e durante la giornata li tirava fin sotto il ginocchio, esattamente dove avrebbero dovuto stare, tenendo le gambe diritte e i muscoli delle cosce tesi. Nonostante questo, il calzettone scivolava lento e questo la metteva in uno stato di agitazione incontrollabile. Se capitava durante l'interrogazione, sentiva su di sé cinquanta occhi di bambini con i calzoni corti, le gonne a pieghe e le calze con elastici forti come stringhe. La impacciavano le risatine di Gino che stava seduto al primo banco, e ogni volta che i suoi occhi ruotavano verso i polpacci a stelo, nudi e sbiaditi, lei sbagliava la risposta.

Provava vergogna. Vergogna dentro e intorno.

La soluzione spuntò un venerdì pomeriggio. La signora Luisa, la cartolaia preferita da tutti i bambini, vicino alle matite Giotto e agli astucci di plastica aveva esposto in vetrina una scatola di elastici che ne conteneva cento, verdi e gialli.

La mattina, appena voltato l'angolo della strada, ne infilava uno dalla scarpa fin sotto il ginocchio e lo copriva piegando il bordo smollato del calzettone. Se si esclude la riga rossa che le indolenziva i polpacci, con quello stratagemma i suoi calzettoni diventavano uguali a quelli di Marta, la sua compagna di banco, una bambina bionda dalle trecce spesse come matasse.

Per mesi sospettò che per avere la testa piatta e in ordine, Marta le spruzzasse con la lacca, finché un giorno, giocando a tana, trovò una scusa per toccarle la sommità del capo ed ebbe la prova che cercava: sotto le dita sentì una patina collosa che non corrispondeva affatto alla setosità dei fili d'oro che a Marta arrivavano fino alla schiena.

Lei aveva i capelli marroni.

All'inizio dell'anno scolastico pensò che la vicinanza con quella nuova bambina sarebbe stata l'inizio di un'amicizia armoniosa, tonda come la mela con i vermi che distribuivano alla refezione. I vermi erano piccoli e sinuosi, chi ne trovava aveva il compito di sdraiarli sulla cattedra della maestra, che si chiamava Maria. Era una donna gentile, passava tra i banchi e faceva sorrisi di incoraggiamento a tutti i bambini. L'idea del verme era stata di Gino, che non ne trovava mai ma si offriva di mettere quelli degli altri sulla cattedra quando la maestra andava in sala professori.

Il kilt, la camicia bianca dal colletto rotondo e il golfino di lana con i bottoni lasciavano pensare che facessero parte della stessa famiglia, anche se Marta non l'aveva ancora invitata a casa sua. Tenevano gli stessi quaderni impilati sul banco. Proprio come due sorelle, ma in coincidenza con i calzettoni che avevano cominciato a scendere, a lei sembrò che l'amica stesse cambiando. Rimaneva sveglia la notte a pensarci ma non capiva perché Marta e il suo grembiule inamidato erano diventati una fatica. Il confronto con quella bambina la annientava, facendola sentire diversa anche se cercava in ogni modo di essere uguale a lei.

Poi incontrò Lalla della quinta C che le raccontò di avere una sarta che le cuciva abiti su misura e una madre casalinga che stava a casa a controllare che tutto funzionasse. La sua era una vita protetta. Lalla aveva un gemello, Enrico, detto Chicco. Fu il suo primo innamorato. All'intervallo lui le metteva in mano dei foglietti dove c'era scritto ti amo. Poi scappava in classe. Si scambiarono un unico bacio al gabinetto e fu bellissimo. Quel bacio venne interrotto dalla madre dei gemelli per "motivi famigliari". Forse si può essere gelose di una bambina, nonostante si goda del privilegio di essere madre, pensò. Lei e Chicco non si rividero più e anche Lalla trovava nuove scuse per non fare i compiti con lei.

Dopo la scuola non era proprio un fare la strada insieme, ma, piuttosto, la strattonava fino al portone e poi "su, su, vai a studiare". Chi andava al doposcuola non aveva compiti, ma la madre se ne dimenticava. Forse il suo era un modo di dire, un'abitudine.

"Io esco. Tu fai la brava".

Si andava ad accucciare sotto un tavolo che era stato accantonato in corridoio, dato che non serviva a nessuno. La tovaglia toccava terra perché più che una tovaglia vera e propria era un vecchio tappeto bucato e puzzolente.

Il tavolo diventò il suo quartier generale.

"Che ci fai per ore lì sotto?"

"Niente, penso".

"Le bambine della tua età non stanno sotto i tavoli".

La madre non si spingeva oltre una debole protesta e non mostrava alcuna curiosità per il suo sottotavolo.

Una volta arrivata lì, infilava palline di cotone idrofilo nelle orecchie, si inginocchiava, i palmi delle mani l'uno contro l'altro con una decisa pressione delle dita e pregava, elencando informi e sgrammaticate richieste a Gesù. Glielo avevano insegnato a catechismo. Di solito implorava aiuto, soprattutto chiedeva di avere delle amiche. Le interessava anche che smettessero i continui brontolii della madre, ai quali non replicava. Davanti a un lamento specifico avrebbe potuto cavarsela con una carezza, ma toccare quella donna pareva un gesto strano e nessuna delle due cominciava per prima. Non sorrideva, ma non era un mostro.

C'era stato un periodo in cui erano felici.

Cucinava piatti semplici, la cena durava giusto il tempo di ingoiare i bocconi che nuotavano nel piatto. Erano pasti muti: non c'erano storie da raccontare, la maggior parte delle parole servivano a zittire i bisticci dei fratelli piccoli, che si impastavano di sugo e andavano lavati con la spugna.

Il padre parlava di rado, a tavola leggeva il giornale. A lei toccava sparecchiare perché era la più grande, lui si alzava e si preparava ad andare a letto. La madre rassettava la cucina e si stendeva accanto a lui. Chiudevano la porta.

Quando la casa era finalmente silenziosa, lei sgattaiolava sotto il suo tavolo. Stava bene lì, aveva imparato a stare al buio, ad aspirare l'odore della polvere e a guardare le ombre. Pensava che da grande avrebbe avuto bambini educati che si pulivano la bocca con il tovagliolo, la tavola sarebbe stata imbandita a festa ogni giorno. E lei avrebbe arrotolato i tovaglioli in portatovaglioli di legno, uno diverso per ogni membro della famiglia, con inciso sopra il nome di battesimo. Sua madre metteva bavaglini riciclati che le venivano passati dalle colleghe dell'ufficio.

Di venerdì rubava dal giornalaio i fascicoli dell'enciclopedia *Imparare*, che spiegavano le regole di una casa *comme il faut* (c'era scritto così); a disporre le posate, dalla forchetta dell'antipasto fino al cucchiaino per il dolce, lo apprese copiando dalle figure. I disegni illustravano le regole da applicare in ogni situazione: tè con le amiche, Cresima e Comunione, Matrimonio, festa di Laurea e cena sulla terrazza.

La madre scambiava i loro nomi. Lei si sentiva chiamare in tre modi diversi fino a che, finalmente, arrivava quello giusto.

I soldi non bastavano mai e la voce di quella donna era senza indulgenza.

"Sei una selvaggia", le ripeteva, senza spiegare il perché. Forse le diceva così perché era una bambina spettinata e in disordine, era l'unica femmina. Al suo cospetto si sentiva un piccolo essere minaccioso che divorava la sua bellezza. Per metterla alla prova una volta sgusciò fuori dal tavolo truccata da pagliaccio, il viso impiastricciato di farina bagnata, un naso di gomma rosso ciliegia e la bocca gigantesca. La madre l'aveva spedita nella vasca.

Nel suo ripostiglio aveva portato i suoi libri preferiti. *Pollyanna*, *Piccole donne*, *Piccole donne crescono*, fino ai *Figli di Jo*, delle quattro la sorella che le piaceva di più, *Rondinella*, *Pinocchio* anche se di quel burattino non si fidava perché diceva un sacco di bugie. A furia di sfogliarli, le pagine si erano macchiate e solo con ritardo le orecchie piegate all'angolo del foglio erano state sostituite dalle figurine doppie che nessuno voleva scambiare. Erano diventate dei segnalibri colorati.

La stoffa della tovaglia non lasciava filtrare alcun lucore, dai buchi poteva guardare senza essere vista. Attutiti dal panno, sentiva gli strilli dei fratelli e riusciva a svignarsela senza accudire quegli infernali mocciosi.

Ogni sera ascoltava alla radio che aveva rubato a una zia sorda le commedie interpretate da attrici dai cognomi che somigliavano a quelli sulle caselle della posta: Maria Bonora, Angela Cavo, Lia Zoppelli, Olga Villi, voci suadenti, che – si capiva benissimo – avevano studiato la recitazione. Dietro il cerchio di metallo della radio, immaginava signore in abiti di chiffon avvitati fino al ginocchio e i valletti in livrea e parrucchino bianco che le accompagnavano ai loro posti con un inchino. I costumi delle attrici stavano appesi in una loggia angusta, arrampicata in cima alle scale del retropalco dal pavimento di linoleum verde acqua, lo specchio rettangolare era incorniciato di lampadine. Sull'uscio dai cardini gracidanti l'aiutante del regista aveva fermato con la puntina di metallo un cartoncino bianco che indicava il loro nome scritto a penna.

Anche sotto il suo tavolo gli attori si inchinavano negli applausi, lieti come se portassero il mondo sul palmo delle mani.

Arlecchino si annunciò per primo. Con una ginnica riverenza, biascicando uno strano dialetto.

"*... E se no i me vol perdonar per amor, i me perdonerà per forza. Perché ghe farò veder, che sono anca poeta, e qua all'improvviso ghe farò un sonetto...*"

"Chi sei?"

"Arlecchino, servo vostro e di chi altro mi vuole a servizio. Servitore leale in cambio di qualcosa da mangiare".

“Dirai sempre sì ai miei ordini?”

“Eseguo gli ordini, felice di farlo”.

“Non si può essere felici se si deve obbedire”.

“Devo mangiare. E se sorridi ti accettano tutti: buoni e cattivi”.

Era un ragazzo variopinto, che sembrava poco più vecchio di lei, figlio di una madre brontolona e di un padre a momenti dolce come un pasticcino alla crema, in altri feroce, con la cinghia dei pantaloni tra le mani che vibrava in mortali soffi di vento sulla sua schiena.

Serviva due padroni riuscendo a non farsi mai acciuffare.

“Due padroni, due salari e guadagnare il doppio. Per grazia del cielo mi no so far gnente, bambina”.

A lei sembrava piuttosto un burlevole folletto, un'aggraziata figurina da teatro di carta che rosicchiava croste di pane riempiendosi la giubba di briciole. In certi momenti era solo un ragazzino vecchio e saggio con il corpo raggrinzito, rincorreva la gioia come fosse una mosca. Indossava una giacchetta di pezze dalle tante vite che si componevano sul busto mingherlino, sballonzolava su brache larghe a foglie multicolori. Roteava in aria un cappello di panno bianco, calzava scarpe morbide, si muoveva a scatti con piccoli salti e faceva capriole dalle quali si rialzava vispo e scalpitante. Una spatola di legno, che lei per imitazione aveva portato lì dalla cucina, pendeva dalla cintura accanto a un borsellino che conteneva pochi spiccioli. La maschera nera aderiva al volto mobile e lei non capiva perché lui si segregasse dietro quel ributtante scudo. Arlecchino le suggerì di imbottirsi le guance con l'ovatta bianca dell'infermeria e di dipingersi sul viso con la tempera una maschera da “gatto”, che li avrebbe resi somiglianti, se si escludevano gli occhi. Quelli del suo nuovo amico sorridevano, palline di vetro. I suoi si ancoravano all'orizzonte, come il molo che si perdeva nel mare, siepe di legno arrancante e fatua.

Arrivava verso le cinque, dopo la scuola. Lei si concentrava, lo vedeva nella sua testa e lui correva fino a lì senza piegare la schiena, perché il sottotavolo li ospitava entrambi lasciando spazio per le acrobazie. Arlecchino le dava le battute senza farsi sentire da chi stava di là. La addestrava alle semplici tecniche dell'imbroglio.

"Cosa si prova a salire su un palcoscenico?"

"Puoi sceglierti un destino. E cavartela in ogni impiccio. Il teatro ti dà la possibilità di essere un impostore senza essere sgridato".

Questo era l'aspetto che più le interessava. La sincerità non porta bene ai bambini.

"Accendiamo i lumi e diamo inizio allo spettacolo. Hai delle candele, piccola?"

"Vado a prenderle".

"Per prima cosa devi portare la fortuna dalla tua parte. La bugia è permessa solo quando non puoi dire la verità".

A lui sembrava facile quello che lei vedeva tutto complicato.

Atto secondo, scena dodicesima. Arlecchino aveva scelto un dialogo con Brighella, che secondo lui era adatto per scaldare la voce. Una parte da maschio in una lingua incomprensibile. Meglio così.

A: ... Cossa ghe sarà in sti piatti?

B: Ghe daremo la zuppa, la frittura, el lesso, e un fracandò...

A: Tre piatti li cognosso; el quarto no so cossa che el sia.

B: ... Tutto consiste in saver mettere in tola ben.

"Ora, bambina, inginocchiati con un ginocchio e immagina che le mattonelle siano la tavola da apparecchiare. Vienimi vicina, così..."

"Arlecchino, non capisco con chiarezza le parole che dici".

"Fa gnente. Prendi un foglio di carta. Lo faremo a pezzettini..."

A: Osservé come se distribuisse sti cinque piatti; per esempio: qua in mezzo la minestra.

"Straccia un pezzo del foglio, su... e appoggialo sulla tavola".

A: Qua sta da parte el lesso.

"Stracciane un altro pezzo".

Il foglio era bianco, proprio come un foglio. Era piatto, gualcito all'angolo destro, non era pollo bollito tiepido e molliccio come sosteneva Arlecchino.

A: Da st'altra parte el fritto.

"Eccone un altro, poggialo a terra".

A: Qua la salsa, e qua el piatto che non cognosso. Cossa ve par? Cussì anderala ben?

Lei sentiva le lacrime che pungevano dentro gli occhi: aveva capito solo che i foglietti erano le portate del banchetto.

"Bambina, l'importante è magnar. E per mangiare devi lavorare".

"I bambini non lavorano".

"Pensa in modo semplice. Se vedi una mela davanti a te, chiedi se puoi mangiarla. Se rifiutano senza dare una spiegazione convincente, sei autorizzata a portartela via. Dagli ragione, al padrone, tanto non capirà che stai mentendo. Adesso tu sarai Arlecchino, io Brighella".

Con lui contavano moltissimo le pause, che – diceva – erano favorevoli all'applauso.

"Il mondo è popolato di matti. Gli altri, fuori non sono schietti".

"Sono cattivi – rispose, sicura di pronunciare una frase sapiente – ma non è colpa loro".

Arlecchino era un monello che non pensava prima di agire; si trovava in difficoltà e allora gli spuntava l'astuzia dei bambini. Come lei, inventava sotterfugi per salvarsi dalle trappole in cui si cacciava da solo. Aveva una fame atavica che non riusciva a soddisfare. Affogava il bisogno nell'inconcludenza, non si lagnava mai. Le disse sottovoce che per lui l'amore era un miraggio.

Come una fetta di polenta calda.

***

"Chi è?"

Nicola mi fissava, sbigottito di malinconia, incapace di consolazione.

"Amore, non so chi sia. Non intristirti. Non so dove mi porterà questa storia".

Mi accarezzava le spalle mentre mi spogliava lentamente. Fare l'amore era l'unico modo di dirci tutto, quando le parole non bastavano.

FRANCESCO

È stata la prima telefonata di quel mattino: "Avvocato, ho bisogno di lei".

La madre di Nicola ha affidato a un principe del Foro di Milano l'incarico di seguire l'inchiesta. Sono trascorse trentasette ore e – scrive il falco che è riuscito a intervistarla – "la vedova Rovati ha nominato consulenti che partecipino agli atti istruttori e che assistano all'autopsia. Sta valutando se costituirsi parte civile".

Vuole un ruolo. Potrà accanirsi ufficialmente contro Vera, adesso che ha ripreso nei confronti del figlio il potere che, da vivo, lui lesinava prudente. Erano due gocce d'acqua: stessa declinazione cromatica nelle pupille, collo alla Modigliani sul quale avvolgeva filari di collane d'ambra o di corallo vermiglio.

Salgo sulla Rover, destinazione Riviera ligure. Non c'è traffico, sono le sei e quaranta di una giornata che non prevede fughe precipitose. Non porto condoglianze, ci vado perché la mia, di madre, si infatuerebbe per una carezza.

Tra le curve dell'autostrada che da Tortona si snodano a serpente nella Valle Scrivia, il pianissimo di un'unica aria, *Soave sia il vento*, due minuti e cinquantotto secondi che accedono al sublime. Ipnotizzato davanti al mio jukebox, pigio su Mozart lo stesso tasto.

Soave sia il vento
Tranquilla sia l'onda
Ed ogni elemento
Benigno risponda
Ai vostri desir.

Tiro diritto sull'asfalto umido di ombre, gli alberi ai lati assediati dai rovi. Guardo il tachimetro, abbacinato dalla lancetta che sobbalza ad ogni colpo di acceleratore, indietreggia quando rallento per imboccare una curva. Lascio le marce lunghe e mi avvicino al casello, i giri del motore si fanno tetri cercando nell'ozio e nella vigliaccheria il modo migliore per presentarmi alla signora. Imbocco il viottolo sterrato, dove, quando c'è, la neve si ammucchia dura e grigia. Un unico rumore, in lontananza, di gabbiani che ciarlano come cornacchie. Arrivo al cancello della villa inzuppato di sudore sotto la giacca di panno blu. Mi apre la porta una figura rinsecchita dalla notte.

"Francesco, sei tu. Accomodati. Sono sola".

Ha trovato il tempo di stendere sul viso un velo di cipria, che si è insinuata come calce tra le ragnatele della sua pelle grigia. Lo chemisier nero è accollato, a maniche lunghe, le scarpe hanno tacchi quadrati, da signora a modo. Un filo di perle illumina due solchi che dai lati del naso scendono verticali fino alle labbra.

Le sfioro le guance con un bacio che vibra insincero.

"Vieni, ti faccio preparare un caffè con dei biscotti. Sarai affamato".

Una domestica corpulenta in grembiule azzurro si muove cheta fra il mobilio che costringe un secrétaire tra tende di piqué. Sul grande sofà, ammassati con stomachevole disarmonia, album di fotografie dal bordo ingrigito. Ne raccolgo uno spalancato: voglio mostrarmi generoso e gentile. Dentro una fotografia in bianco e nero, un bambino dai boccoli biondi come un putto del Parmigianino, ingoffito nei pantaloncini in camoscio, il cappello da giovane alpino con la piuma sulla punta, gli occhi acquosi e sbalorditi, sta ritto accanto alla donna che ora è seduta di fronte a me. Lei guarda decisa verso l'obiettivo, le sopracciglia disegnate come lame. Estate 1966, Cortina d'Ampezzo.

"Era bellissimo, vero?"

"Lei è sempre stata una bella donna, signora".

Chissà a cosa pensava il bambino Nicola arrampicato a quella madre, un'aringa alta e secca, lo sguardo smarrito in isolata sottomissione?

Accarezza il cartoncino beige con mani dalle dita ossute e unghie fresche di manicure. Sgualcisce le lamelle di velina che proteggono immagini di giovinezze turbolente, reportage di matrimoni blindati dal censo, scatti di barchette che dondolano su un lago, cerimonie di battesimo. Albe e crepuscoli di esistenze delle quali, forse, sta cercando il filo. Scivolando su pattine di feltro grigio topo, la cameriera poggia sul tavolino a tre gambe un vassoio d'argento, sul quale sono schierate una zuccheriera a fiori, una tazzina in porcellana e una tazza grande, senza manico.

La vedova se n'è ricordata.

"Non vi ho mai capiti tu e il mio Nicola, bere caffè allungato con l'acqua! Io lo prendo ristretto e senza crema. Non mi riesce di parlare di lui al passato, Francesco".

"Nicola sarà a disposizione della famiglia. Vuole che la accompagni a Milano, signora?"

Domanda improvvida sulla quale cala l'accetta dell'imbarazzo. Se non mi conoscessi, penserei che la sto sfottendo. Risponde da maestra assuefatta alle soffocanti richieste di uno scolaro inetto. Sono stato indiscreto. Credo di averlo fatto apposta.

"Non riesco a muovermi da questa casa, caro. Hanno detto che per il riconoscimento può provvedere mio cognato. Voglio la verità. Ora, con la storia della pazza, minimizzeranno. L'improvviso colpo di follia? Assurdo. Quella ha preparato tutto prima. Era diversa dalle descrizioni dei suoi amici giornalisti".

Quale amico? mi chiedo, mentre la signora non parla della morte di un figlio, ma si difende dalle grinfie di uno smacco personale, una perdita sentimentale che non confessa nemmeno a se stessa. Conservare un'immagine pubblica integra la sosterrà, in questa villa di inizio Novecento, dove si rifugiò dopo l'infarto del marito, divisa tra partite a canasta, solide letture, cene animate da trofie al pesto e chiacchiere inesperte. Le rimarranno gli echi di un legame mai condiviso, nonostante Vera si dannasse per rendersi accettabile con studiata finzione.

"Dai retta a me, Francesco, quella donna era gelosa. Lui si era stancato della relazione, lo ha ammazzato per la più scontata delle ragioni".

Parla a voce bassa senza simulare la collera stivata dentro un petto avvizzito. Vera è stata la pedina funzionale a un destino già deciso.

"Deve essere successo qualcosa che non sappiamo. Non me la sento di dare giudizi, signora".

"Quel rapporto non era così idilliaco come fanno credere, lei gli avrà dato un ultimatum, e poi non dimenticare i precedenti in famiglia, Francesco: il fratello si tolse la vita, la sorella è morta di overdose".

"Aveva diciotto anni, faceva il servizio militare, era depresso".

"Era possessiva, un'isterica che mascherava una personalità irascibile dietro una falsa raffinatezza".

"Sì, era possessiva, ma ogni legame, in realtà, è una specie di appropriazione indebita, signora".

Non reggo la conversazione. Sono venuto fino a qui per consolare lei e devo difendere me stesso dalla sua boria aggressiva.

Ho bisogno d'aria. E di mia madre.

“Vuole fare una passeggiata al mare? Le farebbe bene”.

“Grazie, no. Aspetto l’addetto alle pompe funebri. Sai Francesco, è diverso perdere un figlio in un incidente stradale, a causa di una malattia, o sopportare l’idea di una donna che abbia ucciso in quel modo”.

VERA

Di spalle, nella penombra del mio studio ha la sagoma di un vecchio. La schiena curva sul mio scrittoio, ascolta la voce arrochita di Bob Dylan che soffia nel vento. Trattengo il respiro, nessun calpestio di tacchi incrina la mia ingerenza. Quello spettro allampanato e gentile sfoglia la mappa di un tesoro nel dattiloscritto. Lo spio, né superba né crucciata, mentre lui spia le mie parole. Lasciare in vista quei fogli è stato un caso, di solito li ripongo in una cartella. Resto nella condizione di osservarlo inosservata. La lampada in metallo concede un fioco spunto di luce. Il riflesso rosato gli illumina la fronte. Nicola scartabella le mie pagine. Non mi infastidisce che legga, desidero solo che non esprima pareri. Sapere qualcosa che altri ignorano non mette al sicuro. È un tipo leale, quando sono a casa dondola sorridente sulla soglia nel timore di interrompere chissà quali tepori. Invece è entrato senza nemmeno togliersi la giacca. Forse è un equivoco, un punto di vista inesatto che dal mio angolo rende la fiamma ancora più esitante. La possibilità di un verdetto mi inchioda al mio pertugio. Lui non sa che io so e tutto pare lieve.

Guardo con arido timore l'uomo che amo senza essermi mai chiesta fino in fondo perché.

***

La domenica non andava alla Messa, loro non ci tenevano, anche se il giorno della Prima Comunione l'avevano vestita da suora, autorizzata a occupare il posto d'onore al cospetto di Gesù. Dopo la tv dei ragazzi, la domenica si faceva il bagno. Nella vasca navigavano animali in gomma, il sapone raspava la pelle. La madre cambiava l'acqua ogni due figli. Lei si teneva l'ultimo turno, ci versava una confezione di shampoo, agitandola con le mani a mulinello fino a modellare mostri dal naso adunco, nuvolosi di schiuma. Il suo cruccio principale, oltre alle calze che si abbassavano, erano le pendenze che tentava di intrecciare legandole con il nastrino, ma la riga al centro della testa veniva storta, i ciuffi spuntavano come foglie e non c'era modo di tenerli pettinati se non spalmandoli di acqua e coccoina. Dalla cucina arrivava il puzzo di sugo al pomodoro e origano che non piaceva nemmeno al padre, perché era sugo meridionale. La madre veniva da un quartiere di Napoli, lei era sicura che i genitori degli altri bambini fossero tutti nati a Milano e dunque mangiassero cibi differenti e che quella fosse la ragione per cui a casa loro non arrivavano mai ospiti. Suo padre alzava la voce, inveiva contro quelli del Sud. Li chiamava "terroni" e ogni scusa era buona per prendersela con la madre che dal giorno del matrimonio non aveva più parlato con i suoi fratelli, dodici zii che sembravano molti di più per via di mogli e figli. Fortunatamente il padre era nato a Brescia, in un edificio dal buffo indirizzo, Contrada del Cavalletto, dove era rimasta una zia antica dal nome che sapeva di buono: Linda. Dunque lei era terrona solo per metà. La zia Linda era religiosa e pregava molte ore al giorno, piegata in due sull'inginocchiatoio.

La madre non pregava, in compenso piangeva spesso. Aveva fatto quattro figli. Sembravano felici. Avere bambini in pancia era un sistema infallibile perché il padre non la lasciasse. Metteva se stessa e il loro matrimonio prima di loro, infatti non c'erano fotografie di bambini, in tinello: solo quella di un gruppo di persone davanti a una chiesa e lei con un abito nemmeno da sposa, con la pancia ingrossata e il cappello con la veletta.

Una sera, da sotto il tavolo, aveva sentito un'insolita agitazione in corridoio. Le grida, dapprima soffocate, suonavano come una ininterrotta cantilena di lamenti che lei riuscì a zittire tappandosi le orecchie con il suo cotone. I genitori parlavano di una donna bionda. La infastidivano i vicini, non riusciva a sottrarsi al loro sguardo commiserevole quando la incrociavano sulle scale e la trattavano da orfana prima ancora che avesse visto un morto. La madre singhiozzava soprattutto la sera quando il padre non tornava alla solita ora. Lei ammutoliva, non conosceva parole per consolarla e avrebbe sicuramente detto qualcosa di sbagliato. Si rincantucciava sotto il tavolo e cercava di non fare rumore, immaginandosi grande, tutta diversa e senza bambini intorno. Doveva difendere la sua postazione, e per fare questo aveva costruito con la mente un vetro trasparente tra se stessa e quella donna senza classe. La spiava da un buco che aveva allargato con le dita, come davanti all'acquario del Museo di Scienza Naturale. Appoggiava l'occhio al buco e tratteneva il fiato senza riuscire a eliminare la convinzione di essere un fatale errore.

Sul calendario di Frate Indovino segnava con un cerchio rosso i giorni che passavano. Voleva avere la testa a lavagna: avrebbe scritto col gessetto la giornata, e poi ci avrebbe passato la gomma pane, cancellando quello che le accadeva un momento dopo che aveva smesso di accaderle.

Così non avrebbe avuto ricordi. Sul calendario rimanevano i pallini sbiaditi, senza la circostanza a cui si riferivano.

Lo spazio sotto il tavolo era in eccellente ordine. Su un centrino rettangolare che lavava ogni sabato e poi stirava con un ferro pesante e freddo, senza spina, aveva sistemato i suoi attrezzi: la spazzola argentata, il pettine d'osso al quale si erano rotti due denti, dei barattoli vuoti che nella sua immaginazione contenevano creme pastose e unte per togliere il trucco, un piumino per polverizzare il viso. Il suo vanto, e infatti li usava solo quando era strettamente necessario, erano gli avanzi di rossetti in diverse tonalità di rosa che aveva rubato nel bagno della vicina e una matita che inumidiva con la lingua per pittarsi le palpebre. Era uno strano miscuglio di bambina: ordinata sotto il tavolo, nella cartella e sul banco, cioè nelle cose che dovevano durare; scombinata in tutto il resto. Non era gelosa dei suoi fronzoli: li avrebbe volentieri mostrati se qualcuno glielo avesse chiesto. L'assalto al tavolo era vietato ai fratelli, di sette, sei e quattro anni, dei quali osservava approssimarsi, sgomenta, i piedini scalzi e rotondi come salsicce.

"Lasciate stare vostra sorella, lo sapete che è un po' strana. Se qualcuno le si avvicina, strilla come un'aquila. Tu però vieni fuori ad aiutare, qualche volta. Perché non vai a fare la spesa?"

Le aquile avevano il becco adunco, il paragone la offendeva e poi non era vero che era strana e che mancava di intelligenza, come diceva lei: avrebbe organizzato delle feste se solo avesse avuto la certa certezza di non essere derisa. Era in soggezione davanti alle compagne che abitavano case piene di mobili, bambine diverse da lei che non avrebbero capito la bellezza del suo rifugio.

Loro avevano delle camerette normali.

Il sabato pomeriggio era dedicato alle pulizie: indossava un grembiule, spolverava uno a uno i suoi libri con un pennello da barba, passava per terra lo straccio, strofinando prima la piastrella nera dopo la piastrella bianca, riponeva i suoi libri e anche quelli che aveva preso a prestito alla biblioteca, tanto non sarebbero mai risaliti a lei perché si dimenticavano di metterci il timbro. Li impilava con i titoli in ordine alfabetico, tranne *Pollyanna*, che stava in fondo alla pila perché aveva grandi pagine a disegni.

Tutto quello che voleva era che la lasciassero in pace.

Fu durante uno di quei sabati che si presentò. Avrà avuto suppergiù una quindicina di anni, un'adulta a confronto con la pochezza dei suoi undici compiuti in gennaio, un mese sfortunato per via della vicinanza col Natale. Anche i bambini nati nel mese di agosto subivano la punizione della data, erano tutti al mare e nessuno organizzava feste con le candeline a torciglione sulla torta.

La giovane indossava un abito di velluto plissettato lungo fino alle caviglie, un nastro verde salvia si arricciava sotto i seni, che erano piccoli e rotondi, non foruncoli sporgenti come i suoi, e si chiudeva sulla schiena con un fiocco uguale a quello delle uova di Pasqua. Ricordava le damigelle di nozze che accompagnarono la zia fino all'altare con un cuscino di raso poggiato sul palmo delle mani. I capelli, neri, cadevano lisci oltre le spalle, sulla fronte pallida quella ragazza aveva acconciato una fascia viola spruzzata di polvere dorata. Aveva occhi impazienti e labbra imporporate come la bambola che stava a gambe larghe sul lettone.

Arrivò trafelata da una città di nome Verona, dove – le disse – abitava in un immenso palazzo. Si presentò scandendo con fierezza le sillabe di un nome glassato come ciambelle: Giulietta Capuleti. Si rivolse a lei e pareva si conoscessero da sempre. Fu la prima a parlarle dell'amore, argomento che le sembrò ricco di suggestioni. Anche lei veniva da un altro tempo, ma diversamente dal giullare rattoppato, era dotata di senso pratico.

"Ti leggerò le crudeli strofe di un testo".

Giulietta raccontò la sua storia, spaventosa ma facilissima.

Romeo baciava sempre Rosalina che era la sua fidanzata. Giulietta doveva andare in sposa al conte Paride, insipido come quello delle favole, ma lei si perse d'amore per Romeo Montecchi, nemico della sua famiglia. I genitori di Giulietta erano molto severi e tenevano a quel matrimonio. Dal momento che lo vide a una festa, Giulietta desiderò Romeo con tutto il suo animo e anche col corpo, lo sposò di nascosto aiutata da un frate buono e inesperto, Romeo si prese a botte con il cugino di Giulietta, Tebaldo. Lo uccise e fu costretto a fuggire in un'altra città, dal nome affabile come un malefizio, Mantova. Allora Giulietta si finse morta, adagiarono il suo corpo nella tomba e Romeo, non sapendo che era morta per finta, bevve il suo stesso veleno dall'ampolla che Giulietta aveva lasciato cadere a terra. Quando lei si svegliò dal suo falso sonno lo vide, lo chiamò, lo chiamò tante e tante volte, ma il petto di Romeo era fermo, dentro non c'era più il respiro. Allora Giulietta lo baciò sulle labbra, prese un pugnale e se lo conficcò.

"Facciamo qualche tentativo di dizione. Apri a caso e leggi".

Romeo, rinnega tuo padre e rifiuta il tuo nome: o, se non vuoi, legati al mio amore con giuramento, e io non sarò più una Capuleti.

Anche Giulietta parlava della differenza tra l'essere qualcuno e il diventarlo.

"Arlecchino indossa la maschera per questo, me lo ha detto lui in persona".

"Dunque bambina, devi anzitutto uccidere il tuo nome e ottenerne in cambio una promessa".

Con lei di fianco si sentiva al posto giusto. Seduta sulle mattonelle, Giulietta teneva il libro per metà sulle sue gambe, per l'altra metà su quelle dell'amica in modo che ognuna potesse leggere senza strabuzzare gli occhi. Approfittava di una nuova intimità, la stessa che avrebbe voluto con Marta alla quale non aveva ancora raccontato il suo segreto: tanto non le avrebbe creduto.

"Adattarsi alle regole è il primo passo. Trasgredirle significa perdere".

Non lo diceva convinta. Difatti, aveva perso tutto.

"Fai tu la dichiarazione, adesso".

In verità, bel Montecchi, sono innamorata, e così tu potresti stimare leggero il mio comportamento; ma credimi, signore, mi dimostrerò più sincera di quelle esperte nel fare le ritrose.

"Cosa significa ritrosa?"

"Una cosa stupida, ma utile a non fare capire quando si è innamorate. La balia dice che bisogna fare mossette e nello stesso tempo mostrarsi disinteressate. Per Romeo conta il decoro. Io sono irruente, precipito le cose".

"Ci vuole inventiva, no?"

"Anche, ma non basta".

Giulietta diffidava dei simboli, voleva tastare la terra e impastarci le dita. Disprezzava la luna "volubile e incostante perché rifletteva una luce non sua".

Per vincere il nervosismo intrecciavano fettucce colorate e componevano ghirlande.

"Terremo le mani occupate e la testa al fresco. Ora apriamo un'altra pagina: solo più tardi seguiremo l'ordine che impone l'autore. Devi amare ciò che leggi, altrimenti la tua voce apparirà troppo mansueta".

Indicò le righe con l'unghia. Era mangiucchiata e cortissima, senza pellicine.

Sii incostante, Fortuna, poiché così spero che non te lo terrai a lungo, ma me lo rimanderai indietro!

"Chi è Fortuna? Un'altra ragazza?"

"Bambina, non sai proprio niente della vita, tu! Fortuna è credere in qualcosa che non si vede e di cui non si può dimostrare l'esistenza. Romeo è un Montecchi eppure non so farne a meno. Pronuncia questi versi guardando diritta verso di lui, sgrana gli occhi e sbatti le ciglia, in ogni frase rintraccerai un segnale. Io non ci bado, ma so già tutto".

Il mio unico amor sbocciato dal mio unico odio! Oh tu, visto troppo presto senza conoscerti e conosciuto troppo tardi. È una prodigiosa nascita d'amore, la mia, poiché devo amare un acerrimo nemico.

"Qui devi mostrarti ansiosa: la tempesta si addensa all'orizzonte, tutto precipiterà per una non-conoscenza, a me hanno insegnato così".

"Giulietta, parla più lentamente, ti prego".

"Se avessi saputo che Paride non era come Romeo, non avrei mai accettato di sposarlo, se Romeo avesse saputo che il mio veleno non dava la morte non lo avrebbe bevuto, se io avessi saputo che l'amore era così pericoloso, avrei fatto tutto lo stesso. Insomma, si tratta di stabilire prima se ne vale la pena. Ma non possiamo cambiare la storia".

Sembrava agitarsi per un nulla e lei aveva una gran voglia di allontanarsi da lì e magari dormire un poco. Un'ora. O giorni interi, senza lavarsi. O magari provare a sognare quei sogni a occhi aperti che lei faceva sempre per non diventare triste, sogni di cui decidi tu la trama, sogni che si compongono come una storia di cui ti senti padrona. Una storia che finisce bene. Glielo disse, in un fruscio, nel terrore che lei tornasse nel suo immenso palazzo.

"Imparare i versi anche se non li capisci migliorerà la tua pronuncia, bambina. Non l'ho scritto io il testo. Forse sei ancora troppo giovane per capire cosa significa innamorarsi: se lui non è con te i tuoi polmoni si fermano e ti manca il fiato al solo pensiero di non rivederlo, vuoi sentirlo respirare su di te, anche se non avverti il battito del suo cuore. Io volevo toccarlo, ad ogni istante. Il tuo esercizio, però, consiste nell'apprendere, non nel capire. Loro non sapranno se sai di cosa stai parlando".

Si coricarono per terra, gli occhi puntati verso il soffitto del fortino. I loro gomiti si sfiorarono, erano tiepidi come il brodo, parlarono ore senza sentire fame. Si appisolarono e nessuno le cercò. Si svegliò tutta anchilosata, Giulietta non c'era più, e a lei venne da piangere perché temeva che fosse svanita come i suoi sogni organizzati. Prese coraggio, uscì dal tavolo arrivando carponi fino all'interruttore della luce. Nel taglio iridescente sgambettavano degli animaletti neri, gobbi e incerati che si sparpagliarono sul pavimento correndo in ogni angolo, impazziti. Solo a guardarli facevano un'impressione schifosa. Quelle bestiole – aveva spiegato la madre una volta che ne trovarono uno sullo zerbino, proprio davanti all'uscio – vivevano lì perché il loro appartamento si trovava sopra un grissinificio e la farina li attirava come il miele attira le api.

Giulietta parlava d'amore con Romeo sotto le stelle. Lei odiava tutte le forme che assumevano gli oggetti quando la luna si spengeva.

Gridò il suo nome e la sua risposta pronta la placò.

"Sono qui, vieni".

Tornarono sotto il tavolo, si abbracciarono, due lumache a ventosa. Giulietta cantilenò parole dolci come le zollette di zucchero della zia Linda. La sua amica era lì e le sembrò splendente. Si accomodò tra le sue braccia, con la fronte nell'incavo del suo seno, nel naso l'odore di pane e del detersivo con cui lavava le tovagliette.

Si sentiva in due, che era l'esatto contrario della solita solitudine.

Uno scarafaggio avanzò con le zampette sbilenche sul

centrino, lasciando dietro di sé una bava gelatinosa. Lo aveva appena stirato: per rabbia voleva schiacciarlo con la scarpa, ma Giulietta la fermò, trattenendola per un braccio.

"Aspetta, possiamo diventare amici".

"Non si diventa amici di uno scarafaggio".

Lo sollevò ai lati tenendo le dita a pinza, con mani dalla pelle trasparente sulle quali si disegnavano due rivoli blu che salivavano fino al gomito. Lo voltò con il dorso sul pavimento, le zampette scalciavano in aria. Lo lasciò lì. Per distrarsi da quella ributtante presenza e in attesa di altri scarafaggi, ripresero a leggere. Si era procurata una pila che inondava le pagine di luce gialla. Giulietta le disse che voleva bene alla sua balia. Lei non aveva mai avuto una governante tranne la vecchia del quinto piano che veniva a cucinare minestre quando non c'era la madre.

Non era d'accordo che capire fosse un capriccio, ma tacque per paura di irritarla.

"Giulietta, vuoi essere la mia amica?"

In tutta risposta, quella si mise a declamare. E lei si sentì una bambina sicura e intelligente come gli altri.

Ahimè, come può il cielo tendere questi inganni a un piccolo essere come me?

Per piacerle, doveva assecondarla, anche se tutte le volte che ci aveva provato con la madre non ne aveva ricavato che smorfie incomprensibili e stentate.

"Imparerai presto a mentire, bambina. Ti ho già riassunto la trama e sai che sono costretta – costretta capito? – a dire una bugia ai miei genitori per salvare Romeo dalla loro vendetta. Si possono dire bugie in base a una verità o anche trovare la verità partendo dalle bugie. Non dare giudizi affrettati. Ricorda: tutti parlano ma nessuno ha voglia di starti ad ascoltare. Proseguiamo con la nutrice, che tenta di convincermi a lasciare perdere Romeo".

Pensò che Arlecchino le aveva spiegato tutto il contrario, ma non volle interrompere il suono di quelle belle parole solo per dare il parere di un altro. Che restava il suo migliore amico maschio. Non tradiva nessuno, il silenzio era necessario per fare filare tutto liscio. Lei sapeva che su quel silenzio la morte avrebbe impresso il suo sigillo. Ma questo veniva dopo: non poteva rivelarle di avere già letto il finale.

"La nutrice, leggi..."

Romeo è bandito.
... E dunque stando così le cose penso che sia meglio che sposiate il conte...

... Parli con il cuore, balia?

E con l'anima.
Amen.

Ora va' a dire alla mia signora che avendo fatto addolorare
Mio padre, ho pensato di andare da Frate Lorenzo
Per confessarmi e ottenere l'assoluzione.

"Oh Giulietta, io comprendo, adesso: la bugia a quella ficcanaso è solo il silenzio della bocca".

"Quando ti innamori lo capisci subito. Io l'ho incontrato a una festa".

"A me non invitano alle feste, ma non è che mi dispiaccia. Alle feste fanno il gioco della bottiglia solo per baciarti. Non ho mai baciato un ragazzo, tranne Chicco al gabinetto".

"Non conosco il gioco della bottiglia".

"Ci si siede per terra in cerchio, al centro fai girare

una bottiglia vuota e quando questa si ferma, la persona che viene colpita dal tappo deve fare penitenza. Spesso la penitenza è baciare un ragazzo, tutto qui. È un gioco stupido e non c'entra con l'amore di cui tu parli".

Ma io desidero solo quello che già ho.
E così più do a te più ho per me.

Giulietta non aveva paura di padre Capuleti, che tuttavia la minacciava. Anche il suo, di padre, la prendeva a botte, ma lei era brava a fingere di non sentire l'orma della mano che restava impressa sulla guancia come un ghirigoro. Il peggio era quando la riempiva di pugni sulla testa oppure la batteva sulla schiena con la cinghia. Mentre se la sfilava dai pantaloni, i suoi occhi chiari e acquosi si illanguidivano, lei si accoccolava in ginocchio, le nocche delle dita tra i denti. Scansava i primi colpi preparandosi ad accogliere, passiva e immodesta, i successivi. La mattina nascondeva graffi e lividi sotto i vestiti.

E tutto tornava normale.

Non parlare, non replicare, non rispondermi. Sento prurito alle mani.

"Io non lo ascoltavo davvero. Disattendevo ordini e regole".

"Leggiamo nuovamente questo pezzo, Giulietta, mi diverte".

"No, no, dobbiamo puntare al terzo atto. È lì che si concentrano gli avvenimenti più importanti".

Gli scarafaggi erano lì, a pochi passetti: Giulietta le promise che li avrebbe messi tutti a pancia in su in un barattolo di vetro.

"Non pensi che io debba studiare un brano completo

invece che saltellare da una frase all'altra? Arlecchino legge e mi fa ripetere".

"Faremo l'addio del mattino. Infilati una camicia da notte. Deve essere bianca, senza maniche. Ce l'hai una camicia da notte?"

Aveva solo pigiami di flanella a fiori e a righe. Poteva dirglielo, proprio adesso?

"L'addio del mattino? Mi piace, sì, mi piace".

"Io sarò me stessa, ma ho bisogno delle battute di Romeo. Visto che hai solo il pigiama, tu sarai Romeo, poi ti presterò la mia camicia da notte e invertiremo i ruoli".

G: Te ne vuoi già andare? Non è ancora giorno:
Era il canto dell'usignolo e non d'una allodola
A ferirti il trepido orecchio.

R: ... Devo andarmene e vivere, o rimanere e morire.

"Ehi, hai saltato delle righe".

"Le dice lui, queste".

G: Rimani dunque, non devi andartene.

"Tocca a te, sei tu Romeo..."

"Ma è la parte di un ragazzo..."

"Devi travestirti, se occorre".

E dico anch'io che quel lucore laggiù non è l'occhio del mattino,
Ma un pallido riflesso del volto di Diana.

"Un'altra?"

"Mi sto spazientendo, non puoi interrompere di continuo..."

"Allora io smetto, casco dal sonno".

“Va bene, finisco io. Reciterò il finale. Prepariamoci a morire. Sai che cosa significa?”

“Sì, chiudere gli occhi e non riaprirli più”.

“Bene, eccoti le battute, io le so queste, mi commuovono sempre”.

G: Oh, egoista! L'ha bevuto tutto
E non ne ha lasciato una goccia amica per me.
Ora lo bacerò. Forse un po' di veleno
È rimasto sulle sue labbra e basterà
A darmi una morte consolatrice.

“Devi guardare Romeo, gonfiare il tuo petto d'amore e di paura, immaginarlo lungo disteso vicino a te. Nessuno vuole che lei muoia, nessuno. Tutti sanno già che non c'è più nulla da fare”.

G: Oh caro pugnale!
Questo è il tuo fodero! Riposa qui e fammi morire.

Gli scarafaggi fecero capolino dall'orlo della tovaglia. Giulietta li schiacciò rabbiosa pestandoli con la sua scarpina di velluto. Ne raggiunse uno soltanto, che restò stecchito come deve essere un morto vero.

“Proprio adesso devono arrivare, ma quanti ce ne sono?”

“Possiamo riempire la tua tomba di scarafaggi. Sassolini neri inzuppati nel veleno”.

“Ci saranno vermi e larve a divorare la mia bellezza. È pulita la mia tomba, in marmo bianco. Devi pugnalarti con lo stiletto di Romeo”.

Non fosse stato per l'acconciatura e l'abito e le belle parole del signor Shakespeare, l'avrebbe scambiata per Marta. La stessa freddezza, lo stesso gelo concentrato in fondo agli occhi. Le piccole mani di Giulietta erano molli, ora. Mani senza più l'amore.

Buio.

“Voglio dormire, adesso, questo finale è troppo crudele”.

Non rispose, la sua amica. Non rispose più. La storia era finita.

Nella sua cripta c’erano tre tombe. Giulietta, i capelli sciolti sul collo sbarluccicante di sudore, tiene le braccia abbandonate sul corpo del suo innamorato. Un rigagnolo di sangue gocciola lento, disonorando l’abito bianco di nozze. Il pugnale impiantato nel suo cuore ha convenientemente raggiunto il bersaglio.

Sipario.

Applausi.

FRANCESCO

La porta si apre di scatto.

Dietro cristalli spessi come lenti, cadaveri contrassegnati da un cartellino. Alla movimentazione tavoli hanno caricato il sacco di plastica che contiene quello che resta di Vera.

Le ante si richiudono in otto secondi.

La barella rulla su un sentiero arancione disegnato a terra. La morte scorre solitaria su ruote guidate da una mano incorporea. Sono state programmate per il tracciato numero tre, che conduce al tavolo inox di fronte al quale stanno due tavoli gemelli. Vuoti.

Un orologio, lancette a sorsi, batte il tempo.

Il neon che darà luce a schegge di ossa e capillari è acceso.

Due patologhe forensi in grembiule verde e mascherina, i capelli coperti da una cuffia severa, guanti in lattex antitaglio e copriscarpe, iniziano il turno del mattino. Le piastrelle grigie della sala autoptica, sulle quali stillerà il sangue nero di Vera e Nicola, sono brille di disinfettante. Si procede con geometrica operosità, ci vorranno ore.

La cerniera, che si allunga come vipera sibilante lungo il sacco, ha il suono di una vecchia abitudine. All'interno, involucri in plastica contengono il congegno di un cuore estirpato. Nauseanti pezzi di qualcuno che credeva di potere amare.

CONSULENZA TECNICA COLLEGIALE SPECIALISTICA MEDICO-LEGALE & TOSSICOLOGICA PER IL PUBBLICO MINISTERO IN MERITO ALLE CAUSE E CIRCOSTANZE DELLA MORTE DI SOLARI VERA

Nata a Milano, il 10 gennaio 1948
di anni 54 al momento della morte

QUESITO: accertino i Consulenti Tecnici l'epoca, le cause e le modalità della morte di Solari Vera, verificando altresì la presenza di eventuali concause, con facoltà di ricorrere al supporto di indagini specialistiche (assunzione di sostanze stupefacenti o psicotrope) per le quali gli elementi a disposizione offrano indicazioni.

FATTI: giunse cadavere nell'Istituto di Medicina Legale di Milano il 26 marzo 2002 alle ore 23.40. In anamnesi nulla di rilevante. Rinvenuta cadavere nella propria abitazione, supina a terra, il 26-3-2002, alle ore 22.40. Vista viva circa due ore prima dalla portiera dello stabile.

AUTOPSIA

Trattasi del cadavere di una donna, dall'apparente età corrispondente a quella anagrafica, normotipo, in buone condizioni di nutrizione e di conservazione. Peso 45 kg, lunghezza 162 cm.

Giace supina e indossa abito senza maniche nero al ginocchio, reggiseno nero, orecchini d'oro a pendenti, anello con brillante.

Gli indumenti sono imbrattati abbondantemente di materiale di aspetto ematico e di materia cerebrale.

Rigor mortis ovunque presente.

La mano sinistra mostra segni di affumicatura.

All'esame esterno della salma si rileva al torace, in sede sottomammaria sinistra, ampia lacerazione del tegumento a tutto spessore a margini sfrangiati e infiltrati di sangue, penetrante fino in cavità pericardica. Cicatrice lineare di circa cinque centimetri all'addome destro.

Non altri reperti degni di nota all'ispezione esterna della salma.

Scollato il cuoio capelluto nulla si rileva alla sua faccia profonda. Volta e base del cranio indenni. Seni venosi contenenti scarso sangue fluido rosso cupo. Cervello di forma e volume nella norma, con circonvoluzioni appiattite e solchi superficiali.

COLLO

Nulla alle parti molli. Trachea, laringe ed esofago indenni da lesioni; carotidi integre, nel cui lume è apprezzabile bilateralmente una stria giallastra rilevata in corrispondenza della biforcazione, lume pervio.

TORACE

Scollate le parti molli nulla si rileva alla gabbia toracica. Cavi pleurici liberi da versamenti e aderenze; pleure parietali lisce e lucenti. Sfacelo del lobo inferiore del polmone sinistro, polmone destro di forma e volume nella norma, espanso, grigio-rosaceo, con disegno antracotico ben evidente; al taglio parenchima normodisegnato, alla cui spremitura esce modica quantità di sangue fluido rosso cupo.

Trachea con modica quantità di schiuma biancastra nel lume; nulla ai grossi bronchi.

Pericardio ampiamente lacerato in corrispondenza della punta del ventricolo sinistro, ampio sfacelo del miocardio in corrispondenza della punta, con diffuso imbrattamento di sangue. Cavità ventricolari contenenti sangue fluido rosso cupo. Restante miocardio di consistenza normale, con, al taglio, fascicolatura conservata. Nulla alle coronarie e aorta.

In mediastino si reperta proiettile calibro 9.

Esofago e diaframma indenni.

ADDOME

Peritoneo liscio e lucente. Cavo peritoneale libero da aderenze e versamenti. Milza di forma e volume nella norma, colore violaceo. Fegato di forma e volume nella norma. Colecisti a pareti integre, contenente bile fluida di colore giallastro; nulla alle vie biliari extraepatiche. Stomaco contenente abbondante quantità di residui alimentari parzialmente digeriti, di colore brunastro; pareti e mucosa apparentemente indenni da lesioni macroscopicamente apprezzabili. Esiti di appendicectomia.

Imbrattamento di sperma agli organi genitali.

Bacino e scheletro degli arti apparentemente indenni da fratture.

LETTURA TOSSICOLOGICA

Non tracce significative di sostanze dosabili.

Causa mortis

Lesioni toraciche da colpo di arma da fuoco a proiettile unico.

Milano, 28 marzo 2002

I Consulenti Tecnici
Dott.sse Aurora Broni, Annalisa Tumiati

CONSULENZA TECNICA COLLEGIALE
SPECIALISTICA MEDICO-LEGALE & TOSSICOLOGICA
PER IL PUBBLICO MINISTERO
IN MERITO ALLE CAUSE E CIRCOSTANZE
DELLA MORTE DI ROVATI NICOLA
Nato a Milano, il 26 giugno 1961
di anni 41 al momento della morte

QUESITO: accertino i Consulenti Tecnici l'epoca, le cause e le modalità della morte di Rovati Nicola, verificando altresì la presenza di eventuali concause, con facoltà di ricorrere al supporto di indagini specialistiche (alcometria e ossido di carbonio) o a quelle altre indagini (assunzione di sostanze stupefacenti o psicotrope) per le quali gli elementi a disposizione offrano indicazioni.

FATTI: giunse cadavere nell'Istituto di Medicina Legale di Milano il 26 marzo 2002 alle ore 23.40. Dalle notizie anamnestiche, raccolte in sede di riconoscimento della salma, si viene a conoscenza di una parziale patologia oculare. Rinvenuto cadavere nella propria abitazione, prono sul corpo della donna, il 26-3-2002, alle ore 22.40. Visto vivo circa due ore prima dalla portiera dello stabile.

AUTOPSIA

Trattasi del cadavere di un uomo, dall'apparente età corrispondente a quella anagrafica, normotipo, in buone condizioni di nutrizione e di conservazione. Peso 87 kg, lunghezza 186 cm.

Giace supino e indossa maglione a scollo a V di lana cachemire colore azzurro carta da zucchero, camicia bianca, maglietta a mezze maniche di cotone bianco, questi indumenti sono imbrattati abbondantemente di materiale ematico. Tali indumenti non presentano reperti degni di nota.

Rigor mortis ovunque presente.

All'esame esterno della salma si rileva al capo diffuso imbrattamento di materiale di aspetto ematico. In regione temporale destra soluzione di continuo a tutto spessore del cuoio capelluto di forma tondeggiante a margini irregolari e infiltrati di sangue circondata da colorazione bluastra, orletto ecchimotico ed escoriativo; in regione temporale sinistra soluzione di continuo del cuoio capelluto a tutto spessore a margini irregolari e infiltrati di sangue rosso vivo, dovuto all'ossido di carbonio prodotto dalla combustione di esplosivo.

Non altri reperti degni di nota.

CAPO

Scollato il cuoio capelluto si rileva alla sua faccia profonda intensa infiltrazione emorragica. Alla volta, in sede temporale destra, perdita di sostanza ossea irregolare delle dimensioni di centimetri 3x3 con plurimi frammenti scomposti; in regione temporale sinistra perdita di sostanza ossea a tutto spessore di forma irregolare, da cui si dipartono rime di frattura a raggiera. Un foro imbutiforme con margine scosceso e svasato.

La base cranica presenta plurime linee di frattura che si intersecano fra loro nella fossa cranica media.

CERVELLO

Sfacelo completo dei lobi temporali bilateralmente con tramite sfacelativo diretto da destra a sinistra. Ai tagli, parenchima di normale consistenza, ventricoli laterali cerebrali contenenti abbondante sangue fluido. Nulla a cervelletto, bulbo e ponte; vasi della base indenni.

Cavo orale diffusamente imbrattato di materiale di aspetto ematico.

COLLO

Nulla alle parti molli. Trachea, laringe ed esofago indenni da lesioni; carotidi integre.

TORACE

Scollate le parti molli nulla si rileva ai piani muscolari e alla gabbia toracica.

Cavi pleurici liberi da versamenti e aderenze; pleure parietali lisce e lucenti. Polmoni di forma e volume nella norma, espansi, grigio-rosacei, con disegno antracotico ben evidente; al taglio parenchima normodisegnato, alla cui spremitura esce modica quantità di sangue fluido rosso cupo.

Pericardio liscio e lucente, cavo pericardico libero da aderenze. Cuore di forma e volume nella norma, di colorito pallido. Peso del cuore 380 gr. Nulla all'endocardio parietale; osti valvolari indenni. Cavità ventricolari contenenti sangue fluido rosso cupo. Miocardio di consistenza normale; al taglio parenchima di colorito bruno con fascicolatura conservata. Nulla alle coronarie e aorta.

ADDOME

Peritoneo liscio e lucente. Cavo peritoneale libero da aderenze e versamenti. Milza di forma e volume nella norma, colore violaceo. Colecisti a pareti integre, contenente bile fluida di colore giallastro; nulla alle vie biliari extraepatiche. Stomaco contenente abbondante quantità di residui alimentari parzialmente digeriti, di colore brunastro; pareti e mucosa apparentemente indenni da lesioni macroscopicamente apprezzabili. Nulla degno di nota a intestino, pancreas e surreni.

Nulla degno si nota agli organi genitali.

Bacino e scheletro degli arti apparentemente indenni da fratture.

LETTURA TOSSICOLOGICA

Non tracce significative di sostanze dosabili.

Causa mortis
Lesioni cranio-encefaliche da colpo di arma da fuoco a proiettile unico.

Milano, 28 marzo 2002

I Consulenti Tecnici
Dott.sse Aurora Broni, Annalisa Tumiati

VERA

Tornata a casa sono inciampata in una registrazione del Concorso Paganini. Mendelssohn, Brahms, altri nomi noti alla mia crudeltà. Senza la prontezza che sarebbe bastata a girare la manopola della radio, mi sono appoggiata allo schienale della poltrona.

Digerivo, abulica, quelle note. Domestiche.

"Spegni".

"Il violino non mi fa niente. Non sento più niente".

"Sei masochista".

"Ti sbagli, Nicola".

Le corde del concorrente coreano si annodavano in un groviglio di pizzicati, sulla mia pelle spuntavano pustole di un'estemporanea malattia infettiva. Macchie rosse. Ho slacciato i bottoni della camicia e il mio seno era rosa, il guscio d'uovo sottile che lo avvolgeva era morbido al tatto, in bocca avvertivo come miasma il sapore che lasciano le notizie avariate. Riascoltavo il Mendelssohn che mi regalò alla Trattoria di Santa Marta, dopo il Concerto di Natale. Alle amanti, quando sono fortunate, per lo scambio dei doni spetta il 23 dicembre.

Lo registrai, tenni il nastro in borsa fino a consumarlo.

La musica ascoltata come ossessione compensa le tracce magnetiche della nostalgia, dissoltasi in polvere, mantenendo inalterata la fossetta sul mento, le sue grandi mani, polsi eleganti e piatti. Inanimato soprammobile da lustrare negli angoli con il soffio indifferente di un pennello.

"Spegni. Ti fa male".

"Guardami, Nicola. Sto benissimo".

"Sei turbata, Vera".

"Sto solo riascoltando, per caso, la sua musica".

Ne parlavo a fatica, capitava quando si apriva l'album alla voce "ex". Anche Nicola aveva alle spalle mucchietti di macerie, ma riusciva a sorridere delle sue inesperienze. Erano rimaste sue amiche, più o meno tutte. Io non avevo ancora provato la liberatoria indifferenza, quando ripensi al passato, ridi di te stessa con comprensione e vuoi bene a un vecchio dolore. Conosceva Luca dai miei stentati racconti e da una fotografia che avevo conservato. Istanbul, autoscatto con gruppo di orchestrali davanti alla moschea: un gruppo affiatato.

Nicola non era geloso, pativa l'ingombro lasciato dall'orma, senza rendersi conto che quella storia non aveva nulla di invidiabile.

Con Luca cercai solo di staccarmi con foga da una adolescenza mancata. In quel modo, però, non bisogna mai amare. Perché dopo l'estasi c'è separazione e devi ogni volta incollare i cocci del vaso, rotto per eccesso di esuberanza. Travestii un manichino con un frac di Corneliani, camicia nivea e papillon. Un simulacro che assicurava alla vita. A qualsiasi vita.

"Il concorrente coreano è stato eliminato!"

La fatica stampata sul mio viso convinse Nicola che il più struggente dei ricordi può tornare a essere un giorno qualsiasi del calendario. Quella musica si era dissolta nei pressi di una serata afosa, su un divano-letto a due piazze, all'ultimo piano di un anonimo caseggiato milanese in zona Loreto.

"Te la senti?"

"Davvero vuoi ascoltare il lamentoso epilogo di quella storia? Non è avvincente".

"A me interessa".

"Perché?"

"Sulle mie fidanzate ho dovuto fare relazioni dettagliate".

"Siamo polemici, oggi, avvocato. O sono i violini a innervosirti?"

"Guardati allo specchio, Vera. Hai la faccia stravolta da quattro note. Parlarne ti fa bene. E io ho bisogno di ascoltarti".

"La sceneggiatura è scialba..."

"Ma è tua".

"Sul citofono, l'ultimo in alto a destra, erano impressi due cognomi ritagliati da un biglietto da visita matrimoniale, di quelli che elidono con un sì la tua identità di nubile per consegnarti la filigrana di un avvenire centenario".

"Noi non abbiamo biglietti da visita. Siamo eccentrici".

"Sei piani di ascensore. Faceva caldo, avevo scelto una mise che gli piaceva: tubino verde acqua, sandali di rafia. Mi ero truccata quanto bastava a mascherare la certezza che fosse un congedo".

"Le condannate alla ghigliottina prima di salire sul patibolo scelgono con cura il loro abbigliamento".

"Non prendermi in giro, altrimenti smetto".

Nicola si era avvicinato per l'evocazione del fantasma, la pipa tra le dita, l'aria perplessa di chi scoperchia un argomento da scansare come malattia diagnosticata senza inutili giri di parole.

"Vieni qui, dammi un bacio. Parlare di lui mi rende nervoso, credo ti considerasse troppo impegnativa".

"Un'amante non è impegnativa, se sta al suo posto".

Mi sono coricata sul suo petto, un cuscino di piuma.

"Luca ha aperto la porta che dava sul pianerottolo disseminato di giocattoli, una carrozzina, gli ombrelli. Indossava la vestaglia a quadri scozzesi, bianchi, verdi e blu. Per cavarlo dall'imbarazzo, gli ho messo tra le mani un prosecco. Non bevo, ma quella sera valeva un brindisi.

'Entra'. Mi accoglie con un sorriso da togliere il fiato.

Mi aveva conquistata così, mansueto e dolciastro. L'espressione schiva era appena credibile. La timidezza è ritegno, ciò che hai da dire non è ciò che dirai. Luca non era un timido: era reticente. Faceva svogliati tentativi di giustificarsi di qualcosa di cui nemmeno lui conosceva l'esito.

'Come va?'

Non lo vedevo da tre settimane, un'eternità per noi, abituati a chiacchierare al telefono anche quattro volte al giorno solo per raccontarci la giornata. A me basta un'inflessione di voce perché un 'come va' infilzi come un'offesa. Le domande dirette esigono forza d'animo. Io non ne avevo. Sono entrata, sul pianoforte a mezza coda decine di cornici di peltro e argento. Non ho mai osato guardarle da vicino, immaginavo una moglie alta e castana, arrotondata dalle gravidanze e dall'abbigliamento ordinario.

Mi attiravano le fotografie delle bambine, somigliavano a lui. Sulle pareti, due tele esibivano una passione privata. La moglie dipingeva. Su un ripiano, la Montblanc che gli regalai per un compleanno felice."

"La usi ancora?"

"Certo che la uso, ci sono le mie iniziali.

Di fronte alla libreria, da un olio su tela di Alessandro Papetti, Igor Stravinskij scrutava il vuoto, accigliato. Pupazzi di pezza sparsi per terra anticipavano uno scenario poco lieto. Non si era sbarbato. Strano, di solito per incontri che scandiva per noi soli nel mosaico delle sue settimane di suonatore e amante a ore, era impeccabile. Dava l'impressione di appartenermi, in quei frangenti.

'Ho preparato un risotto, in veranda'.
'Bene'.

Speravo in una crostata, la sua specialità. Una giungla di guaches fortificava il terrazzo, chiome frondose, gardenie da smoking, una palma nana. Mi sono sempre chiesta – io che non riesco a far sopravvivere un mazzo di rose per più di due giorni senza trovarle accartocciate dopo poco – come mantenesse le foglie lustre, i fiori senza arricciatura. I gerani erano polputi, cascavano sul davanzale, dita tremolanti che impastavano fucsia e rosso vermiglio, bianco e persino giallo. Mai visti prima dei gerani gialli, dalle foglie pelose come pesche. Anche lui odorava di terra smossa e concimata. Gliene era rimasto un granello sulle ciglia. Non osavo toccarlo.

'Stappo il vino'.
'È già fresco'.

Le tovagliette di tela a fiori erano meno vivide del solito, un'impressione fuorviata dall'umore."

"E tu?"

"Mi guardava come fossi un pesce nella boccia trasparente. Ero invisibile. Forse ero già morta e stava solo decidendo come seppellirmi.

'Oh, i soliti problemi in orchestra: guerre di bande, ma tengo duro. Ci sono almeno tre colleghi che vorrebbero la direzione artistica, se lascio il posto adesso non ne ricaverò nulla. Voglio quel ruolo, è il Maestro che decide, basta lusingarlo. Non mi importa dei musicisti, pensano soltanto a portare a casa più soldi. Se non mi rieleggono, finirò col dare lezioni di violino a qualche ragazzino, una prospettiva non esaltante. Tu che fai, scrivi?'

Al risotto mancava sale. Io, l'astemia, bevevo vino per reggere la conversazione. Lui, l'amante, prendeva tempo per imbrogliare meglio le carte. La mia verità lo disturbava. Preparavo mentalmente il mio j'accuse.

'Sei scomparso'.
'Ho avuto da fare. Vuoi musica?'

Tante volte gli chiesi di suonare per me, solo per me. Un giorno mi disse che non lo attraevano le ragazze romantiche, più dure, invece, lo eccitavano. Non capivo cosa intendesse e non avevo mai visto la faccia di sua moglie.

'Sembra che tu non voglia avviare una conversazione scomoda'.

Nicola, sdrucciolavo già, perdente, senza avere ancora perso nulla, se si esclude un pezzo d'anima che vedevo sgusciare, gelatina sul parquet. Sapevo prevedere con ammirevole lucidità ciò che mi sarebbe accaduto di lì a poco. Volevo arginare la frana e non facevo altro che attirarla come una falena atterrita da una lanterna.

'Non è mai successo che ti eclissassi così: cosa ho sbagliato questa volta?'
'È una storia lunga'.
'Ho tempo'.
'La mia vita è cambiata, lo sai'.
'Hai perso un amico che credeva in te. Ora sarà più difficile. Io che c'entro?'

‘Non capisci. Tu sei quella di successo, no?’

‘Io sono innamorata di te, non del successo e sono abbastanza certa di avere diritto a una spiegazione. Mi vuoi lasciare o lo hai fatto e non me ne sono accorta?’

Nicola, lo stomaco compresso come un hamburger, attaccavo affondando nella rovina. Effetto del prosecco. E di una testarda ossessione in disarmo. Ero pronta a subire qualsiasi discolpa, tranne distrazione e cortesia. Che a volte coincidono. La certezza di essere pronta mi avrebbe fatto sopportare con dignità un abbandono da manuale. A furia di provare una parte, il recitato riverbera con maggiore efficacia e strega anche la platea più annoiata. Lo guardavo dentro buchi affossati, ai quali il mio sorriso non avrebbe restituito alcun luccichio”.

Nicola mi stringeva fino a soffocarmi.

“Vera, smettiamola. Non volevo questo. Stai male...”

“No, vado avanti, se ne parlo dimentico. La vera ragione per cui ti lasciano, a volte è la stessa per cui li attrai. La corda dell’altalena a un certo punto si strappa e te ne resta un lembo in mano senza che tu sappia bene cosa farne”.

Ho continuato, ipnotizzata dalla visione di un agosto di bambina, il cortile liscio visto dal balcone, il geranio che puzzava di piscio di gatto. Mi confessavo a Nicola, nelle orecchie il felpato accento veronese dell’altro.

“‘Il punto non è il sesso: quello, con te, è fantastico. È che tu, dopo, mi guardi da sordomuta’.

‘Per poter mentire a tua moglie dicevi di avere bisogno di una base. Non ti ho mai chiesto di lasciarla. Volevo un posto. Anche modesto, ma tutto mio’.

Luca mi aveva insegnato sconci gesti da amante ai quali mi applicavo con grazia, esuberante puttana alle prime armi.

‘Attrazione fisica e sentimento devono specchiarsi l’una nell’altro. Perché mi offendi?’

‘Esigi le parole, tu. Io ne faccio volentieri a meno. Se vuoi te lo dimostro’.

‘Dimostro cosa?’

‘Che le parole sono inutili. Guarda, sono pronto. Lo vuoi per un’ultima volta?’

In piedi di fronte a me, teneva le gambe leggermente divaricate. Mi sono inginocchiata, le lacrime insozzavano il vestito e la cintura della vestaglia, la schiena legnosa, la bocca socchiusa. In attesa. E nella speranza di sbagliarmi. Rabbrividivo in balìa di una febbre necessaria a spurgare un corpo infetto. La bocca ha iniziato a muoversi avanti e indietro, pezzo di me indipendente da me, i singhiozzi prigionieri di un uomo che sussultava. Io continuavo meccanicamente, in apnea solitaria. La tecnica funzionava. Luca ha svuotato dentro di me i suoi avanzi, senza scosse di piacere, mentre io affogavo di scontrosa disperazione. La morbidezza dei suoi tratti aveva assunto una forma distorta e spigolosa. Con l’orgasmo gli era venuta fuori la collera. Speravo di essere ubriaca, ma il sunto era semplice: Luca si era stufato di avermi tra i piedi e me lo diceva inzaccherandomi con l’arrogante certezza di non poter più trarre beneficio dalla mia generosità. A un certo punto urlava, tanto all’ultimo piano di una sera d’estate nessuno ci fa caso e quando sai di essere in torto alzi la voce.

Tra la festosa policromia delle sue piante, il mio amante ringhiava disprezzo, cercando di sbarazzarsi di un malessere scomodo. Io ero il pugile sul quale era stato vibrato un pugno, ma gli ematomi sarebbero comparsi dopo, a cominciare dalla notte. Mi ha rovesciata sul divano, affondando la lingua nella mia. Subivo, inappetente, la fame di un nemico. Ce l’aveva con se stesso e se la prendeva con me. Mi ha compressa a sé senza la delicatezza cui talvolta si era volonterosamente applicato, sollevandomi come un fuscello e alzandomi il vestito quanto gli bastava. Ero nuda dalla vita in giù.

Zitta.

Mi ha presa con la furia e la velocità che gli erano necessarie a rimontare la china per una penetrazione efficace. Si muoveva in me, che lo pativo come un bambino si adatta a una punizione travestita da espiazione.

'Se ti fossi accontentata invece di implorare altro, sarebbe durata decenni. C'è gente che ci campa una vita: si incontrano, fanno l'amore senza complicazioni. Mi soffoca questo maledetto sentimento che dici di provare, non so esaudirlo. Perché non ti accontenti?'

'Quali complicazioni?'

'L'amore *è* una complicazione, l'ho spiegato anche a mia moglie fino a quando ha smesso di chiedere. E non metterti a piangere, per favore. Sai che non sopporto le lacrime'.

'Se ti scoprisse, le diresti che ho inventato tutto'.

Aprivo la bocca, Nicola, cercando di respirare. Ero viva.

'Mi stai umiliando'.

'Non compiangerti. Tutte le storie finiscono. Eri diventata troppo gelosa'.

Ho raccolto le mutandine impolverate da sotto il divano. Eppure aveva una donna di servizio. A ore. E la moglie organizzava delle feste, i colleghi al pianoforte e al violoncello, mentre lui offriva prelibatezze.

Rimettevo a posto il corpo, primo vacillante passo verso la sopravvivenza. Notai tre nuove rughe sulla fronte. Non gli ho stretto la mano. Erano finite le parole. Ho sceso di corsa le scale e lo schianto della porta mi è arrivato alle spalle. Un proiettile. Abitavamo a pochi isolati: a lui bastavano poche pedalate e a me sembrava che fosse sempre lì ad aspettarmi.

Ho camminato ore, Nicola, non c'era nessun posto al mondo che avesse perimetri conosciuti".

"Basta, Vera, basta adesso".

Nicola mi ninnava, mortificato per avermi invitata a quel banchetto da anziano psichiatra che bolla il dolore con la formuletta dell'elaborazione del lutto. Quale lutto? Spazzata via. Senza possibilità di ricorso. Qualcosa che non ha vita non può morire, non dovevo disperarmi.

Al massimo sentirmi delusa davanti a una slot machine nella quale avevo infilato tutti i miei risparmi. E inghiottivo rabbia perché la sua bocca di metallo me li aveva divorati.

La voce, al telefono, non è supponente: "Può tornare da me?"

Il vicequestore mi convoca per la seconda volta. Ci vado quasi sollevato, è il giorno del funerale e ho deciso di non accodarmi alla brigata in Rayban scuri, la mazzetta di quotidiani sotto il braccio e il chiacchiericcio frusto che crepiterà sui ciottoli di Santa Maria del Carmine.

Domani, alla stessa ora, nella Chiesa di Santa Maria Assunta arroccata sullo sperone di roccia, Nicola tornerà a guardare il mare senza vederlo, a sentirne gli spruzzi, a respirare lo iodio che innaffiava i suoi occhi. La vedova ha deciso di interrarlo vicino a sé e lontano da Vera.

Una serpentina di Bmw, Mercedes, Audi station wagon muoverà in un'incidentale scampagnata sulla Milano-Genova, permesso retribuito e passo deferente dietro al Dominus in ingobbimento da lutto. Niente giornalisti per lui, niente Francesco. Non ci andrò.

Separati, continuano a sembrarmi una parentesi.

Perilli mi aspetta, conosco la strada, nessuno mi accompagna. Salgo le scale a scheggia, dribblando pianerottoli e corridoi. Mi siedo davanti alla sua scrivania e lo travolgo come un figlio che ha urgenza di vuotare il suo misero sacco.

"Dottore, ha letto i necrologi? Da pubblicitario non ne salverei uno: su questi rettangoli a pagamento, la morte tributa a chiunque un angolo tra i santi del Paradiso. Legga, scrivono che non li dimenticheranno. Falso, dottore. Di Vera ne hanno dette di tutti i colori. Io non l'ho fatto il necrologio, dottore. Mi scusi, è che sono tritato, non dormo da giorni e mi stanno tutti sulle palle. Perdoni il linguaggio, non dovrei parlare così con lei".

"Abbiamo trovato decine di lettere e biglietti. Vorrei mostrarglieli. La signora Solari era mancina".

"Conta qualcosa?"

"Ha sparato con la mano sinistra, non è un dato rilevante. Il mio compito è ricostruire i fatti, non c'è casualità in una storia che si conclude con un omicidio-suicidio".

"Ci sono dubbi?"

"Non sulle modalità. Vorrei fornire al pubblico ministero un movente plausibile".

"Le cerca un alibi".

"L'ho chiamata per questi".

Estrae dei fogli da una cartella di pelle. Riconosco la scrittura a ricciolo di Vera, mi viene il magone davanti alla grafia secca di Nicola.

Rimasugli che me li fanno sentire caldi.

"Abbiamo trovato scritti ovunque, nei cassetti, nella stanza da letto, anche sul frigorifero, sotto calamite colorate. E, nei loro computer, centinaia di e-mail".

"Compravano calamite durante i viaggi, soggetti di generi alimentari e marche di birra. Si scrivevano molto, stilavano elenchi, Vera scriveva una frase, Nicola rispondeva. Facevano anche il gioco del 'mi piace, non mi piace'".

"Sono agli atti".

Me li passa, quasi a volere diluire la mia miseria tra quelle righe. E io ritrovarci i loro colori.

"A che serve leggerle? Le avete lette in tanti?"

"Noi della Mobile, quelli della Scientifica e il pubblico ministero".

La carta intestata di Nicola è un regalo di Vera, che acquistava lettere autografe. Un biglietto di Proust, trovato in un negozio di Rue de l'Odéon, a Parigi, era finito in cornice come un trofeo di caccia.

"Dia un'occhiata, architetto. Queste sono degli ultimi tre mesi".

L'ultima è datata 24 marzo. È di Vera.

C'è solo scritto "ti amo".

Io sono circospetta.
E io mi lascio abbindolare.
Vera è ombra, Nicola è luce.
No, amore. Tu sei peggio di una lampadina.
Se vuoi stare al buio, spegnimi.
Non ho scritto luce al neon.
Io cerco il lato cattivo delle cose. E lo trovo sempre.
Non mi piace Woody Allen e nemmeno Totò.
Io amo Truffaut.
E io Rohmer, che ci ha fatti incontrare.
Non potrei vivere senza Bach, Mozart e Mahler, il rigore, la fantasia, l'introspezione. Tu ami Brahms (condivido) e Prokof'ev (acqua fresca).
Dimentichi Sting, Nicola.
E tu James Taylor e i Beatles, Vera.
Nicola riflette. Vera fa.
Odi le riflessioni, lo so, ma io amo Bach.

Nicola,
non ho pensieri impuri per nessuno che non sia tu. Puoi restare nel limbo della confusione che abita i miei scritti. Da lì nessuno ti porterà via.
Vera

Vera, ho imparato a non prendermi troppo sul serio. Non è che non soffra, come te, o che non provi sentimenti, attrazioni, pulsioni. Ma cerco di vedermi anche con occhio critico. Ehi, scemo, che stai facendo? mi dico. Ma non vedi quanto sei ridicolo? Sei pieno di remore, timori, incertezze.

Penso che faccia bene, Vera, ridimensionarsi un po'. C'è un lato comico anche nel più doloroso dei dolori, nel più sentimentale dei sentimenti, nella più languida delle languidezze. Ognuno di noi ha trovato nell'altro qualcosa di cui aveva bisogno. Anche aspetti che non gli appartengono, o che sembrano inconsueti. Prendiamo la tua (per me bizzarra) affezione per gli abiti: mi piace il tuo modo di vestirti, ma non mi interessa chi è il tuo sarto. Devi prendere da me lezioni di alleggerimento. Guarda Shakespeare, anche nelle tragedie più terribili inserisce una battuta. Mentre nella notte nera sta per consumarsi il regale delitto, in Macbeth, *ecco comparire all'improvviso un giullare: "Ah, la vita cos'è? È il pensiero di un idiota, parole al vento che nulla dinotan". Cito a memoria, ma credo sia proprio così la battuta. Un saggio, quel tipo.*

Nicola

Vorrei avere meno crepe e tornare pura, ogni volta, per te. Vorrei avere cent'anni *e voltarmi indietro, ricordando quando eri giovane e hai sorpreso una donna non più ragazza, un po' troppo romantica, un po' troppo sognatrice, un po' troppo innamorata delle parole e dei suoni. Vorrei scrivere una canzone e ascoltarti mentre la suoni per me sola con la tua chitarra da ragazzo perché è bello non crescere più e cantare come se davanti ci fosse l'orizzonte. Ma che importa, adesso? Che ci importa, davvero. Proviamo a sorriderci, almeno stasera, con gli occhi dei bambini.*

Vera

Credimi Vera, è già difficile andare in goal, se poi la porta si muove in continuazione, diventa improbabile. Pensaci.

Nicola

Lasciatelo dire, ogni tanto ti sopravvaluti. Se pensi che le sciocchezze che ti ho scritto ieri per cercare di ridere sulla tua partenza siano il mio nuovo biglietto da visita, sbagli.

Peccato. Buon libro, sciocca. E buoni hotel a cinque stelle. Anche il più nobile dei sentimenti, le affinità che conosci, il desiderio, si scontrano contro quella realtà che tu non ammetti.

N.

Amore, mi hai scritto una lettera bellissima, davanti alla quale mi commuovo e mi sento un verme. Se nonostante la mia assenza, la mia ombrosità, il mio amore a volte brinato, ti servo anche solo a un decimo di quanto scrivi, significa che tutte le difficoltà e le dolorose lontananze hanno un senso.

N.

Vera,
ci sono giorni che iniziano male e finiscono peggio. Oggi è uno di questi. Nicola

Non rispondo alla tua lettera perché non voglio averla letta. Ne sono sicuro: non l'ho letta. Quindi ti riscrivo più tardi, quando l'avrò dimenticata del tutto. Hai un sacco di ragioni, ma ne ho anch'io. E se c'è una cosa che mi hai insegnato è la necessità del rispetto, al di là delle battute per alleviare argomenti così importanti. Se rischio di diventare un'ossessione, un rodimento, una ferita, amore, fermati. Il tuo lavoro non è "un maledetto romanzo", ma sei tu. E tu hai la precedenza. Riavvolgi il nastro e torna nella tua tranquillità. Ti amo abbastanza per desiderare che la tua vita sia serena anche se non ci vediamo per qualche giorno. Sei importante. Poi decidi quello che vuoi.

Nicola

Sono sparito per tre giorni. Non ti ho telefonato, ti scrivo solo ora e in maniera un poco fortunosa. Appunto, per dirla tutta, sono depresso e sto male. Mi sento disarmato, impropriamente monco. È uno di quei giorni in cui mi chiedo cosa devo fare della mia vita. Il guaio è che non è la prima volta e temo non sarà neppure l'ultima. Tu sei così ricca di sentimento, io così preso dalle mie tristezze, dal timore di farti del male, dall'attitudine a non agire d'impulso. So quello che vuoi dirmi, ma è indicare una strada nel deserto. Ho l'impressione di non vedere quella luce che tu mi hai donato fino a oggi se non riesco a comprendere quale vita voglio illuminare. Sono angosciato, non so che strada prendere perché in autostop affettivo non mi piace andare.

Nicola

Vera, non mi hai scritto. Non ci sarebbe nulla di strano se non ti conoscessi: lo sciopero è inusuale. Qualcosa ti spinge lontano dalla tastiera. E da me. Cosa freni, hai già deciso quale delle due strade imboccare?

N.

Vera, riavvolgo il nastro, mi muovo al contrario, alla moviola, cammino sui miei passi, sento le parole diventare incomprensibili sequenze di vocali e consonanti, cancello le lettere scritte in questi due giorni. Un passo indietro, un respiro lungo e contare fino a dieci. Dove eravamo rimasti? Ai baci dell'altra sera, prima di addormentarci. Cerco di guardarci da un punto di vista diverso, dal balcone dell'ultimo piano. Il prezzo di una nuova tranquillità? Azzerare tutto. Ciao e arrivederci. Ma ne sei sicura? Io no. È così raro incontrare un'anima affine che rinunciarci perché non riesci a possederla tutta mi sembra uno spreco.

Un bacio lento, di quelli che piacciono a te.

Nicola

È un silenzio pensato, non naturale. È un silenzio dovuto, forse. Dovuto a te e a me. È un silenzio che rende piombo le parole, evita che escano a vanvera. Quello che è accaduto mi ha fatto male, come ha fatto male a te. Ci sentire-

mo quando tutti i granelli di sabbia smossi da un piede maldestro saranno di nuovo posati sul fondale.
Un grande bacio, ora.
Immutato è quanto bene ti voglio.
Nicola

I silenzi uccidono, sgretolano, chiudono porte, Nicola. Abituano all'indifferenza. Sono scatole, contenitori di nulla. Le lacrime dense sciolgono anche gli animi più difesi. Di solito. Peccato non capirsi. E non lasciare che l'anima si diriga laddove sta il suo posto. La vacanza ha fatto male a me. Non capisco perché a te, ma non capisco perché non ne sono capace. Tu sei agguerrito, giovane. Io sto sotto la mia coperta pulciosa. Le stelle. Il mare dove confondersi. Unicità non prevedeva questo. Ma io mi adatto, perché sono perdente. Ho paura. Di te. Ci sentiremo quando i granelli, come tu hai deciso (decidi sempre tu, del resto), si depositeranno laggiù. Dove non ci si può più raggiungere.
Vera

Non ho paura della tua sofferenza, ho paura di crearne altra ancora. È vero, decido io, non vedo chi altro potrebbe. Sarei felice di non farlo. Stai meglio se non mi vedi, lo so. Lo sai anche tu. Pause e sospensioni sono importanti, come in musica così nelle relazioni. Ma anche questo lo sai.
Un bacio N.

Nel cumulo di stronzate che hai scritto, ne hai dimenticata una, essenziale al vocabolario dei liquidatori: "l'ho fatto per il tuo bene".
Vera

Vera,
sei al cinema con Gabriella, ma è un giovedì diverso. Stasera sei scappata. Cosa ci succede? Sono stanco. Stanco delle tue lamentele, del pianto sommesso che non riesco a conso-

lare. E sto male. Mi sento dentro a un copione dei tuoi, ma nel teatro sbagliato. Sono a disagio e vorrei gridarlo alle pareti, che mi sento solo. Ti guardavo mentre ti vestivi. Esaminavi gli abiti, osservavi i colori appesi, meditavi sulla sintonia delle sfumature: è il tuo momento privato. Prima di uscire mi hai guardato con l'aria di volermi leggere dentro. Un tempo mi avresti baciato e basta.

Non sono un "po' freddo", sono molto peggio, almeno da un paio di giorni a questa parte mi sento in uno stato di cattività permanente. E poi la tua lettera di ieri. Non ho motivo di essere allegro, mi sembra. Sono preoccupato. Eri così risoluta, precisa. Oggi di nuovo sei appassionata e romantica. Sei due in una. Anch'io vivo raziocinio e sentimento. Tu sei un'iperbole permanente. Cerco un filo da lasciare in questo labirinto, ammesso che un'uscita esista. Buona notte.

Nicola

Vera, non è per me che piangi. È qualcos'altro, qualcosa a cui non so bene dare un nome: qualcosa che hai dentro e ti fa soffrire per ciò che non puoi avere, qualcosa che hai già "visto" eppure nonostante tu conosca questa sofferenza hai deciso di ripeterla. Il ricreare un oggetto lontano, irraggiungibile, tanto più desiderato quanto più distante e inafferrabile? Vorrei aiutarti.

Nicola

Vorresti aiutarmi? Amami.

Vera

Ascolto sul pc dello studio le Variazioni Goldberg *e tutto è più facile. Le note che si ripetono con regolarità ma senza stancare sono quello di cui ho bisogno per darmi certezza. Questa notte ero in un labirinto di pensieri. Conosci bene cosa si prova quando dolore e piacere si alternano come le onde che arrivano alla spiaggia. Scrivere è più facile che par-*

larti, fuggono dalle dita parole che mai riuscirei a ripeterti. Baci, e sai cosa intendo.
N.

Amore, sono diventato un balbuziente dei sentimenti e i balbuzienti, quando non riescono a smettere di tartagliare, cantano. Io mando mail. Rimango spianato come una lasagna di fronte al fiume dei tuoi brividi, alla fame di affetto, al banchetto di emozioni che comunichi. Le mie sono pane e marmellata di fronte a un pranzo di nozze. Tu hai un Mississippi d'amore da esprimere, io mi sento prosciugato come il Tanaro ad agosto. Mi sento un convalescente, in quella fase in cui non vuoi pensare al passato ma c'è il passato che pensa a te. Ecco, ho appena mandato una mail che subito ne mandi un'altra. È un dialogo impari, è una partita Real Madrid-San Marino.
N.

Il Real Madrid non mi piace. Io amo l'Inter e Roberto Baggio, uno che sbaglia un rigore in finale ai Mondiali, piange in campo, cade, si rialza e va in goal.
V.

Il pensiero di inimicizia tra noi è troppo doloroso, Nicola. Perdonami se ti ho offeso. Averti fatto male mi è insopportabile.
Vera

Non ho più voglia di letteratura, Vera. Solo cose e spigoli.
Nicola

"Dottore, non ce la faccio. Devo leggerle tutte? Lei insinua un malessere. È questo che vuole sentirsi dire? Litigavano, discutevano, si riappacificavano. Ma non si uccide per questo, no?"

"Basta una sola frase, a volte, per cambiare il corso di una vita".

"Ho pensato alle lacrime di Vera. Era furore, in alcuni momenti".

"Mi racconti".

"È che in queste ultime ore sono martellato dai miei, di ricordi, visti da me e diversi da come li avranno visti loro. È così: ti ricordi qualcosa e l'altro nemmeno si accorge di stare dentro a un ricordo. E sei spiazzato, quando provi a raccontare. Dottore, mi sono sforzato di ricordare quando Vera se la prendeva con lui. Ma lei se la prendeva con la vita. E poi, mi scusi, mi sento un delatore".

"Architetto, immagino quanto possa essere doloroso per lei, ma anche un episodio insignificante può aiutarmi..."

"Mi è tornata alla mente una cena. La cena di matrimonio di due comuni amici. Lei era incinta e gongolava felice per quella gravidanza che aveva convinto il suo compagno all'ufficialità. Una frase, pronunciata distrattamente e senza reale malanimo da uno dei commensali riguardo al bambino, ha scatenato in Vera un'aggressività fuori luogo. Ci piccavamo di essere diversi, degli snob, un micro-mondo di privilegiati, mostravamo disinteresse per le coppiette che cercavano tra le suppellettili di una casa imbiancata di fresco la protezione dalla vita. Quella volta Vera si accalorò, animosa, contro quei due accusandoli 'di contrarre un matrimonio obbligato, non dettato dall'amore'. Pensai fosse invidia. Vera non aveva figli, dottore".

"Continui".

"Considerava nipoti acquisiti i figli degli amici, che adoravano le sue favole senza trama prefabbricata. Zia Vera, la chiamavano. Portava truppe di ragazzini al cinema e alle mostre d'arte, il sabato pomeriggio. Sembrava le bastasse. Quella sera, il ventre ingrossato della sposa provocò un risentimento esagerato, ma non ne parlammo, non si piaceva quando diventava aggressiva. Non so se questo ricordo può servirle, dottore. Comunque Nicola diceva di non volere figli. A cosa serve dirci queste cose?

Lei fa il suo lavoro e io dovrei imparare a farmi gli affari miei".

"La ringrazio, per ora è tutto. Dovrebbe firmare, qui".

Mentre scendo le scale di corsa, mi viene in mente uno slogan da pubblicitario: "Una madre calda può essere una buona tomba".

La boccerebbero anche loro. Che sono solo poliziotti.

VERA

A fine dicembre trascrivevo indirizzi e telefoni dalla rubrica in pelle nera Smythson su una nuova rubrica in pelle nera Smythson. “Come mi sono comportata con tizio?”, “frequenterò ancora caio?”, “con questo ho litigato: non chiamerà più”, “quest’altro è morto”. Un’amicizia che giuravo eterna capitolava sotto lo sfrigolio della gomma da cancellare per uno sgarbo da dodici marzo o una disputa da diciassette settembre. Una carezza estiva era “da conservare”. I mancati auguri di buon compleanno meritavano una mutilazione.

Luca non se ne ricordava.

“Posso rimediare?” mi chiese.

“Amami per altri dodici mesi”, risposi.

Fuggì dopo sei e addio auguri.

Quell’anno, era il 2001, compilai il censimento su un treno.

“Ti porto in un posto che non esiste”, aveva gongolato Nicola, brandendo come spadini due biglietti delle Ferrovie francesi.

“Ami il Nord, il freddo, i cieli uggiosi. In Normandia il termometro segna meno dodici: l’inverno più freddo da secoli. Andiamo a Balbec, anche se è un’invenzione”.

Capodanno e compleanno chez Proust. Sembrava una buona notizia.

Milano-Parigi, Gare de Bercy, métro Gare d’Austerlitz

su un Train Grand Vitesse Parigi-Deauville. Loden e piumini, sciarpe e cappelli. Una specie di fresco sollievo già dalla pensilina in ferro che odorava di croissant.

Dalla stazione di Deauville un pullman anchilosato arranca tra villaggi di case basse con le tende di pizzo alle finestre e le altalene in giardino fino a Cabourg, stanza 414 del Grand Hôtel, l'insegna azzurro polvere che campeggia in un cielo di gesso.

"Ma l'hai vista quella del ricevimento clienti, Nicola? Sarebbe da denunciare. È farlocca persino nella tinta dei capelli. Una bugiarda a libro paga".

Una delle camere da letto più venerate della letteratura era stata ribattezzata *Souvenir Marcel Proust* e la biondina giurava che "sì, era stata arredata seguendo la descrizione dell'autore nel suo libro".

"Libro, Nicola. Ha detto libro, non capolavoro".

Dalla nostra prima vacanza insieme, il rituale alberghiero era ritmato come un orario scolastico. Nicola apriva i trolley, appendeva gli abiti, riponeva nei cassetti i maglioni, la mia biancheria, le sue T-shirt bianche corrispondenti numericamente ai giorni di permanenza. Le calze blu erano tutte uguali, per scongiurare riflessioni sugli abbinamenti. Distribuiva libri e guide sui comodini, disponeva sulla mensola della stanza da bagno i miei barattoli di creme, numerose almeno quanto le sue magliette. Sul bagno schiuma e lo shampoo concentrava le cure successive.

Lo scrutavo con la solita, vergognosa adorazione mentre lui, ignorando la mia espressione da bisognosa, palpeggiava il telecomando. Selezionava i canali satellitari, la CNN, il Meteo, le televisioni locali, si distraeva con l'Assemblea dei deputati, per completare il suo giro catodico tra i grafici delle Borse e i destini monetari del pianeta.

"Di cosa starà parlando il presentatore giapponese?"

"Nicola, ma che importanza ha?"

"Accendo la tv per collegarmi al mondo".

“Uno si sente bene sintonizzandosi su un canale del suo, di Paese”.

Lo conoscevo da più di sei anni. Nella letargia di quello spazio rovesciato sull’Atlantico, il violoncello di Yo-Yo Ma sussultava tra il *Primo Preludio* di Bach e i tanghi di Astor Piazzolla, azzoppando la conversazione.

“Moquette viola melanzana, copriletto e tendoni di cretonne ciclamino, questo king size stile bomboniera: non li trovi irritanti?”

“Ne parlavi sempre, di questo posto”.

A sinistra della finestra uno scrittoio, una lampada equivoca, carta da lettere dozzinale sulla quale risaltava l’effigie dello scrittore dai baffi mogi. Era l’albergo delle vacanze, per lui, dove ogni estate si ritorna e si ritrovano abitudini e amici.

Ripiegavo i golfini già piegati, mentre Nicola mi guardava tra l’amoroso e il saccente con la faccia di chi è pronto a rinfacciare un “te l’avevo detto io”.

Dai vetri inzaccherati si scorgeva il lungomare che fluiva nella spiaggia, madida di neve.

Il poeta ci vedeva “il mare calmo dove i gabbiani sparsi volteggiavano come corolle bianche”.

Io ravvisavo le punte dei tetti di ville da ricchi, giardini di pizzo traforato declinanti verso il mare schiumoso. Non vedevo i confini e nemmeno l’orizzonte. Due bambini stanno accovacciati sul bagnasciuga. L’oceano deve essere di ghiaccio, ma la giovane donna appoggiata alla staccionata sembra non badarci, in un silenzioso dialogo con il mare. Un setter fulvo scuote il pelo tra gli spruzzi, strofinando il muso sulla pelliccia della donna con il libro in mano, che lo ricambia con una carezza. Un clan di gabbiani intraprendenti si rifugia sui davanzali del piano ammezzato, altri, le ali piegate come mollette di panni stesi, beccano nella pozza di conchiglie sbriciolate, sotto una pioggia che punge, getto di doccia intrappolata dal calcare. Nicola mi ci aveva portata a Cabourg, compiacendo la mia voglia di gite in bicicletta sul tragitto delle giovani ragazze in fiore, corse da réclame sulla spiaggia, cene al pianobar dove ora un cartello promuove il "Buffet de dimanche" a prezzo fisso. Duecento franchi e ti senti nella storia.

Io mi sentivo una donna di cartapesta.

"La tua venerazione per gli scrittori è eccessiva. Sottolinei le loro frasi, te ne innamori e poi ti innervosisci se un mobile è diverso da come lo avevi immaginato. È carta, Vera, solo carta".

"A matita, Nicola. Non sottolineo mai con la penna. Veniva qui a godersi la solitudine".

"Era asmatico. Chiedeva questa stanza perché era in fondo al corridoio e i passi dei clienti non avrebbero disturbato il suo riposo. Stare solo lo spaventava".

"La solitudine ci livella e in quest'ottica è democratica. Stare insieme a un uomo significa non fottere la sua solitudine ed evitare che lui si fotta la tua, Nicola".

"Perché sei così arrabbiata? Siamo in vacanza".

"Non sono arrabbiata con te. Vado a fare un giro".

"Nevica, vieni qui, permalosa".

"Non sei più con me".

"Ci sono talmente che ho bisogno di non esserci".

"Vado a illudermi che ci sia il sole. E a bermi una tazza di tè con le madeleine. Melensa fino al masochismo".

Nel corridoio incrocio una cameriera in grembiule nero e crestina che spinge, con rigida dignità, un carrello con asciugamani bianchi, bagno schiuma alla malva e saponette incartate nella silhouette di Proust usata a mo' di logo. Nella tecnica del furto ero un'esperta: mai rubare l'accappatoio dalla stanza. L'oggetto del desiderio va trafugato dal cesto della biancheria sporca e lasciato nel bagno. Usato. In valigia si nasconde quello pulito. Nicola disapprovava le mie ruberie, io collezionavo accappatoi bianchi.

Due pianoforti a gran coda occupavano la hall, reclamando, passivi, un bravo accordatore. Sul leggìo, una mano distratta sfoglia lo spartito ingiallito di un *Notturno* di

Debussy. Nel salone degli specchi, poltrone di midollino e risate di signorine in attesa di buffetti sulle guance, mutismi di coppie assuefatte alla cortesia del sabato pomeriggio, uomini grassi che fumano sigari.

Tra poco Nicola scenderà.

Mi concentro sulle colonne fregiate di stucchi dorati. Ogni spazio lasciato libero si tramuta in un foglio sul quale appuntare impressioni. Scriverei la parola "uffa", sono qui da un quarto d'ora e avverto solo la smania della mia vaghezza. Il tavolo della 414, agghindato da cortigiana, è in fondo alla sala, accanto a vetrate dalle quali il buio non è ancora buio. Sposto posate e bicchieri per farlo sedere accanto a me. Se siedo di fronte, il tono alto della mia voce non ci tutelerebbe da ascolti indiscreti. Busto eretto, gomiti bassi e polsi accostati ai braccioli, inganno l'attesa ingannando me stessa con una modica dose di serenità posticcia.

Mi ha detto che dovrei essere felice e io non lo sono.

Annuso il tovagliolo che domattina sarà ammonticchiato dentro un camioncino con il marchio sul cofano. Giovanotti in divisa raccoglieranno le impronte rosso mattone impresse su questo quadrato di stoffa passato di bocca in bocca come un pettegolezzo e le porteranno in lavanderia. La biografia di un tovagliolo da ristorante che ha visto passare indelicate promesse sui suoi fili intrecciati, mi distrae. Le stesse labbra che baceranno Nicola si imprimeranno sul candore del panno, macchiato di rossetto e disappunto per ogni suo minuto di ritardo.

Scelgo la *Tatin* anche per lui, mentre si avvicina e mi insolentisce con un "proviamo a ordinare pollo e birra gelata?"

La passeggiata ha inizio tra verticali silenzi. Insolito, per noi. Basterà una parola pronunciata senza l'intonazione che desidero, l'impressione che lui sia distratto da pensieri che non riguardano me, per dare avvio allo stato di patimento. Sequenze che vacillano estranee sullo schermo privato della mia mente. Indignazioni che non tengo a freno e che si squagliano nelle voci amplificate dalla cassa armonica della mia piccola testa. Voci ammaccate, come al risveglio da un sonno stentato, quando una lingua ignota al mio vocabolario traduce cupe dimenticanze.

Una goccia di saliva mi cola dalla bocca, la asciugo con il guanto sgarbellandomi il mento.

Si uncinano alle corde vocali, le mie stupide invocazioni, mentre prego Dio che Nicola non si volti.

"C'è solo neve, non allontaniamoci", sussurro.

È tutto orribilmente bianco. Sulla Promenade camminiamo in fila indiana.

Una fila di due.

"Ti annoi, Nicola?"

Perché mi viene in mente la noia proprio adesso? Lui risponderà "perché dovrei annoiarmi, Vera, siamo qui e sono contento di questa bizzarria". Sì, una bizzarria, perché le capanne a righe bianche e blu sono di un bianco artefatto e troppo quieto che stona con le mie apprensioni. Uno sguardo non proprio diretto, l'inflessione della sua voce ridotta a un nomade brusio e il panico aggredisce nel mio teschio di donna scontrosa e vuota di ragione.

Gli hai promesso leggerezza, Vera, non stai mantenendo l'impegno.

È a pochi metri da me, una figura bislunga imbacuccata nel piumino, il berretto di lana copre riccioli avvitati. Inedita *Alice nel Paese delle Meraviglie*, Nicola rimpicciolisce, le gambe si accorciano e il busto diviene un tronco sproporzionato al resto del corpo, i guanti di *pile*, che gli ho regalato a Natale, infagottano mani divenute chele. La bambina dalla voce pigolante si fa viva nei momenti meno opportuni, quando ricorro all'invisibile sbarra d'acciaio che poggia sul diaframma, l'odiata appendice sulla quale non riesco in questo silenzio di marmo ghiacciato a catturare l'angoscia e il sapore di metallo sulle gengive.

Il fiato sta rinserrato nei polmoni, come in una bombola del gas.

La sbarra non arresta il passato. Che d'un tratto puzza di alghe, mentre le ciglia di Nicola sono ragionevoli logaritmi.

Lo seguo, camminando veloce, la testa china.

Ruzzolo nel mio sotterraneo di radici velenose, ragno repellente e dal ventre molle, le zampe a uncino. Mi abbandono nella povera visibilità della sera che incombe su di noi e mi gela all'altezza del petto, in quel punto, dicono, cavo. E inorganico.

Ho solo paura di perderlo.

Davanti a me cammina un estraneo. Nicola è un angelo, mi ripeto, in una nenia dolciastra alla quale non presto ascolto.

Sono io, sciupata dall'effetto della nebbia e da questo litorale di sabbia e neve, troppo vasto per me, sono io, addestrata a mantenere una visione cinta da steccati sicuri, che sbaglio.

Se nuova pioggia annacquasse le mie guance non si accorgerebbe che sto lacrimando.

Mi comprimo nella dipendenza da una volontà che non è la mia.

Non posso spiegargli che lo sento disgiunto da noi due, in un paesaggio che convoca l'anima alla pace, alla perfezione, alla gioia. Io sono tetra e pesto il talco ghiacciato con i miei eleganti scarponcini in foca.

Quando le voci dello smarrimento assordano come trombe stonate, l'urgenza di piacergli diventa insopprimibile.

Nicola sta cambiando. O magari è sovrappensiero, sprofondato in un infantile, protettivo silenzio.

Forse è solo un uomo sereno.

"Era meglio Harbour Island: caldo, bikini con fiori e pappagalli, noci di cocco. Un altro genere di oceano".

"Vera, che ti prende? Tu detesti i climi caldi".

“Questo bianco mi dà alla testa”.

È calato il muro. Non trovo argomenti, vocali e consonanti si estinguono contro i corti muri d’acqua dell’oceano che i bambini rincorrono con risate frignanti, bagnati fino alla giacchetta.

Mi eclisso. Sola, procedo incontro alla paura.

Attendo che l’ondata di spaesamento se ne vada.

“Nicola, quando ti svegli, la mattina, non dirmi più ‘ciao bella’”.

“Perché?”

“Perché è un saluto generico. E non pronunciare più la frase ‘me ne rammarico’.

E se ti chiedo ‘mi ami?’, non rispondere: ‘ovvio’”.

“Cosa posso fare, per metterti in un umore migliore?”

Vera l’improvvida e la squallida avanza, pensa e parla al posto mio. C’è solo questa dannata neve, intorno. Ci sono case tutte uguali con giardino, il panico mi accerchia senza che un refolo di vento smuova uno solo di questi cristalli d’acqua. Scende spessa, adesso, ci incamminiamo verso l’albergo, inzuppati nella stessa incapacità. Vorrei urlare e stringermi a lui per dirgli che ho paura, ma il candore claustrofobico lo immusonisce.

Litigheremmo.

Saliamo in camera. Nella 414 l’accappatoio, niveo, è ripiegato con le maniche incrociate di una camicia di forza. Gli occhi del poeta guardano il mare, neri, di carta, dalla sua finestra.

Mi spoglio e distendo me stessa sotto una deriva di piume e fallimento.

“Leggi, Nicola?”

“Sì, ti dà fastidio?”

“No, ma ti voglio”.

Lo cingo da dietro, la sua schiena è modellata all’altezza delle scapole, lo accarezzo sugli addominali disegnati dalla ginnastica, mi strofino su di lui, lumaca viscida che si simula sirena.

Il corpo di Nicola è antidoto, antibiotico, penicillina. Nel farmaco dell'illusione fisica autorizzo me stessa a sentirmi compresa. Lui non ne trae sempre vantaggio. Dopo anni può essere solo sesso. Fargli l'amore raschia via l'ansia. Non trovo sinonimi al dolore se non lasciandomi impugnare dal piacere. Il corpo arriva a stendersi nel punto esatto dove le parole si disperdono, adulterate come in un trattato psichiatrico.

"Vera".

"Ho bisogno di sentirti dentro di me".

Mi bacia, tecnicamente appassionato. Si lascia irretire dalle mie mani sul suo sesso, da primo della classe che conosce la risposta prima ancora che gli porgano la domanda. Mi penetra. Vorrei il suo vento addosso per non avvertire le percosse della solitudine. È qui, eppure mi mancano il suo alito, il tepore delle sue mani. Sento sgretolarsi l'intimità.

Discendo nel mio vuoto e sono finta come la stanza che ha prenotato per noi.

"A volte sembra che farti scopare sia l'unico modo che conosci per sentirti amata. Pensa a quanta gente fa l'amore per abitudine, per scaricare i nervi, per non pensare, Vera".

"Non parlare, Nicola. Non parlare più".

Si appisola, supino, le palpebre sigillate a saracinesca, bambino che chiude gli occhi davanti alla scena di un film troppo violento.

Cerco fiato nell'umidore della stanza da bagno. Mi siedo per terra sul piatto della doccia, lascio che l'acqua bollente scortichi le bucce della mia superbia. Le sue bugie fanno male anche quando non lo sono davvero.

Il nulla, penso, ha più densità di una goccia di sperma.

Scrivo della bambina, a mano, inondando la carta di rimasugli, fonemi, briciole.

Nicola dorme, nonostante me.

I fiocchi compattano un paesaggio deforme.

***

Piselli e riso venivano riscaldati per giorni. Indifferente a ogni protesta, la madre glieli metteva sotto il naso, lei li rifiutava, il piatto finiva in frigorifero.

"Li mangerai domani. In questa famiglia non si butta niente".

Durò cinque giorni, fino a che non li ingurgitò, raggrinziti come i polpastrelli quando stai troppo nell'acqua, cacciandoli direttamente in gola per non sentirne il sapore. Il tavolo non era lontano dal calorifero dove aveva infilato i calzettoni a scaldare e delle bucce di mandarino e arance. Era stata la settimana della chiave. La madre aveva iniziato a lavorare anche il pomeriggio, teneva la contabilità di una ditta di accessori per auto e i fratelli andavano al doposcuola fino all'ultimo turno delle sei. Era orgogliosa di quel collier di corda che le cingeva il collo. Quando capì che ridevano alle sue spalle, lo nascose sotto la canottiera di lana. In tasca teneva un topo di pezza, che aveva chiamato Ugo. Tornare a casa da sola non era spiacevole. Poteva guardare con calma le vetrine, comprava la veneziana dal panettiere e se ne andava dicendo "paga mia madre". Lui segnava il conto su un quaderno unto. A casa gironzolava senza doversi subito cacciare sotto il tavolo. Era bello saperlo lì. Lontano da tutto. Per prima cosa esplorava la stanza dei genitori, frugava nei cassetti e nell'armadio grande che occupava un'intera parete. Trovò delle lettere di suo padre, delle quali non capiva la scrittura, e un ritaglio di giornale piegato in quattro, che parlava di un tale Giacomo S., che aveva rotto il naso alla fidanzata per gelosia. La madre sembrava andarne fiera, altrimenti perché conservarlo? Nel cassetto della biancheria, immacolate mutande di cotone a piccole coste, reggipetti per seni gonfi di latte, indumenti e reliquie, fazzoletti da naso e catenine d'oro con il crocefisso. Non le piaceva andare in cucina per paura degli scarafaggi, così accendeva le luci di tutta la casa e gli animali rimanevano a sospirare sotto i mobili. Ripuliva la tavola dagli avanzi della colazione, buttava la spazzatura, passava avanti e indietro scopa e straccio anche negli angoli. Non c'era niente di anormale in tutto questo, tranne la monotonia. La sera la casa si rianimava: tornavano i fratelli, la madre indossava le ciabatte e brontolava. Il padre rispondeva a monosillabi. Questi erano ricordi.

Una sera, invece delle voci dei suoi attori, udì alla radio una musica incantante che parlava di una signorina di nome Manon Lescò, che amava soprattutto il denaro e frequentava un giovanotto di nome Degrié. Non capiva tutte le parole e il giorno successivo chiese il libro alla biblioteca della scuola. Le risposero che non era roba da bambini. A casa di Marta c'erano i dischi, neri e grandi che ascoltava suo padre dopo cena sprofondato in poltrona, la faccia beata di chi sta vivendo in un nuovo mondo. Cercarono il disco di Manon Lescò del signor Giacomo Puccini, che aveva ascoltato alla radio, ma trovarono solo canzoni in francese. Su una copertina rosa pallido lesse un nome corto come uno schiaffo. Piaf.

Manon Lescò divenne sua amica. Non sapeva recitare. Cantava e basta.

Apparve sotto il tavolo leziosa, gli occhi lucidi di cielo azzurrino e una parrucca di boccoli a truciolo. Era un tipetto prepotente e viziato, ma indossava un abito talmente bello, carico di pizzi e balze e trine che a lei si mozzò il fiato.

"Tocca i miei gioielli, bambina. Me li donano perché sono fascinosa e sempre allegra".

Tutto il suo contrario. Che davanti allo specchio si vedeva uno stecchino, piatta e bassa di statura. Dopo avere pianto per un po', incerta se mandarla via o fidarsi, decise di approfittare della sua presenza.

La signorina Lescò si mise a cantare, lei era estasiata dalla grazia di quella voce tintinnante come cristalli.

Manon Lescaut mi chiamo...
Domani all'alba io parto. Un chiostro m'attende.
Il mio fato si chiama "voler del padre mio".

"A me sembri bella e ricca e allegra. Perché le tue parole sono così malinconiche?"

Eppur lieta, assai lieta un tempo io fui!

Una fanciulla povera son io, non ho sul volto luce di beltà,
Regna tristezza sul destino mio...

... Voi mi rapite?

No, vi rapisce amore!

Le parole di quel canto le sembrarono le più stupide che avesse mai ascoltato.

"Dicono di me che sono una prostituta, ma non è vero. Accetto regali da uomini gentili e vecchi, ai quali in cambio devo solo fare moine. Dicono che sono sciarmant".

"Sciarmant?"

"Talmente sciarmant che mi rimproverano di amare troppo il piacere. Sono un'amorale".

Anche la signorina Lescò pronunciava di continuo la parola amore, ma era diversa da Giulietta. Lei non le credeva. Le importava solo avere sopracciglia folte e ben disegnate come le sue, spolverare i belletti sul viso a coprire le occhiaie nere che le si formavano durante le notti nelle quali i sogni sognati non corrispondevano a quelli che lei progettava e se ne andavano per i fatti loro. Voleva arrotondare le punte delle unghie e passarvi lo smalto, rosa come l'alba che aveva intravisto dalla finestra una mattina. E le calze lunghe, bianche, di cotone e le scarpine con il fiocco e abiti meravigliosi dai bustini che stringevano in vita, sottile come quella dei manichini della sarta di Lalla. Avrebbe modellato i suoi fianchi diritti di bambina con curve appetitose. Avrebbe avuto dei vecchi che le donavano gioielli. La signorina Lescò promise di darle lezioni di portamento, e ballo, e gioco di carte e leggerezza nei passi. A scuola si sarebbero tutti accorti del visibile miglioramento, la maestra avrebbe capito che lei, da bambina goffa e bassina del primo banco era diventata una donna. Avrebbe baciato Chicco con malizia e voluttà e lui non avrebbe più resistito al richiamo di sua madre. Lo avrebbe conquistato. E poi lasciato. Senza spiegargli perché.

Manon giurò di insegnarle a dipingersi gli occhi, allungare le ciglia e avere labbra rosse e carnose.

Dispettosetto questo riccio!
Il calamistro, presto!
Presto!
... Ed ora, un neo!

"Con due nei sul labbro che attirano baci e una piroetta graziosa puoi eliminare con un solo gesto ogni esaltazione. Vieni, ti darò lezioni di ballo".

Le prese la mano e si dimenò in passetti di panna montata, senza poggiare i tacchetti a terra. Volteggiavano insieme. "Leziose", le disse. Era una parola che non aveva mai sentito. La musica era bella, e dunque le parole avevano meno importanza. La prese per la vita e girarono, girarono fino a farsi girare la testa come l'ottovolante.

"Ora imparerai la seduzione".

"Seduzione? Cos'è?"

È fascino d'amor.

... Manon te solo brama!
Labbra adorate e care!
Labbra dolci a baciare!

"Bambina, non credere a quello che Degrié chiama amore. L'amore non si dimostra con la fedeltà del corpo, la sola fedeltà che conta è quella del cuore. Io l'ho tradito tre volte, il mio innamorato".

Le lezioni di ballo durarono settimane.

Una domenica mattina, il cielo era ancora scurito dall'inverno e sotto il tavolo faceva calduccio. Aveva ripassato le movenze e si era vestita a strati, una gonna sopra la gonna, canottiere e pizzi rubati dalla tovaglia del tinello: un bell'effetto, davvero. Aveva dipinto il suo viso con la cipria e ombretto colorato sugli occhi e allungato le ciglia con lo sputo della saliva. Si vedeva bella. La signorina apparve davanti a lei con un abito diverso, quella domenica. Si sentivano degli spari e faceva un caldo soffocante anche se fuori dal tavolo era inverno. Voleva giocare a fare le prostitute, senza che la madre se ne accorgesse. La signorina Lescò la spaventò a morte, era brutta, proprio ora che lei aveva imparato tutte le miscele per fare i trucchi con la polvere colorata. Ci rimase davvero male. Disorientata, chiese cosa fosse successo. Lescò si mise a frignare.

"Ho esagerato, bambina. Togliti quella roba. Dobbiamo cambiare costume. Sono una rovinafamiglie, ma è stato l'amore per il mio bel cavaliere a ridurmi così".

"Lescò, non voglio cambiare vestito: ho rubato tutta questa roba nella camera di là, mettiamo un minuetto e balliamo..."

“Sono esausta, ho la febbre. È tutto finito”.
“No, non è finito niente. Vieni, ti presto i miei di vestiti”.

Non voglio! Addio... cupa è la notte... ho freddo...

La strattonò, furiosa, ma la signorina Lescò non si mosse. Era orrenda, pallida e sporca. L’aveva ingannata.
La cacciò dal suo tavolo e non la rivide più.

FRANCESCO

Il caso è chiuso. Perilli ha accettato il mio invito, le panchine dei giardini sono lucide di nuova vernice. Anni fa ne lasciai una sgangherata, esattamente in questo punto davanti alla fontana dove i bambini spingono in acqua barche in miniatura con vele a triangolo, davanti allo zoo, vuoto e sbarrato, le gabbie sporche di avanzi, siringhe, sacchetti accartocciati da bambinaie incaute.

Venivo a limonarci, sfacciato e imbecille omosessuale che sfidava se stesso davanti a vecchietti che si tenevano ancora per mano e adolescenti che si baciavano autorizzati. Roba da lividi sul sedere e lingua impastata. Me li posso permettere ancora per qualche giorno questi giardini, prima che gli infernali pollini bianchi inizino il loro valzer e si depositino su di noi, allergici e insofferenti al bel tempo.

Il vicequestore indossa un doppiopetto, camicia bianca e cravatta blu. È in ferie ed è raggiante: è diventato padre per la prima volta di una bambina. Non so cosa si provi in questi casi, ma dalla sua faccia si direbbe un'esperienza che fa bene. Mi offre un cono gelato dal baracchino all'entrata del parco. Passeggia accanto a me, tra la confusione dei ragazzini e delle signore con carrozzine. La ghiaia crepita sotto i mocassini e i sorrisi di Vera e Nicola si discostano, per qualche pavido istante, dalla mia nostalgia.

"Francesco, devo restituirle questa".

Estrae dalla tasca una fotografia a colori, non repertata, la tiene tra le sue mani da poliziotto educato come se fosse importante.

Sulla fotografia Vera, con la cloche di paglia e gli occhiali da sole, Nicola, in T-shirt blu da barca, Francesco, il sottoscritto, un filo di pancia di troppo, il ghigno timido che agguanta il marinaio, almeno col pensiero. Noi tre insieme. La solita vacanza. Forse l'ultima, anche se adesso non ricordo l'anno.

"Perché l'ha presa, dottore?"

"Mi incuriosiva. Era sulla mensola della libreria".

"Anch'io ho qualcosa per lei. Sono i romanzi di Vera. Lei sarebbe d'accordo, anche se non vi siete mai conosciuti".

"Grazie, Francesco. Conoscere lei è stato bello".

"Si ricordi di me, commissario, per la nuova campagna pubblicitaria per la Polizia".

VERA

Sono le sei del mattino di una giornata che non assomiglierà a nessun'altra. Il tassista aspetta con il tassametro acceso. Ci vado sola. E non potrebbe essere altrimenti. Non c'è nulla di più esclusivo che abortire un figlio da un uomo sposato che di figlie ne ha già tre. E dopo averci pensato per settimane, scartando l'ipotesi di una vita basata sul ricatto. La sua secondogenita, poi, era un cruccio: era nata anzitempo nell'alba mortificata di un giorno di ottobre, mentre suo padre e io dormivamo nello stesso letto di un albergo, a Monaco di Baviera. Mancai l'astuzia di leggervi un avvertimento. E passai anni a regalarle abitini firmati senza che la moglie conoscesse l'anonima benefattrice.

"Buongiorno signora, dove la porto?"

"Al San Paolo, l'ospedale".

L'appuntamento col ginecologo, un'autorità nell'accudire madri che faticano a portare a termine i loro sacrosanti nove mesi di gravidanza, era per le sette. Meglio proporsi con anticipo. Tanto non avevo dormito. Come fai, sapendo che sei in due e tra poche ore sarai di nuovo una, senza più quell'ingombro nella pancia? Per pura crudeltà, avrebbe detestato la bicicletta, la musica sinfonica, le piante e il limoncello. Avrebbe amato il football americano e le ragazze bionde. Forse sarebbe stata l'ennesima femmina. Comunque superflua. Gli uomini non sopportano le donne che si liberano di carne e sangue che essi, con gustosa distrazione, hanno contribuito a concepire. Mi confidò un giorno che la paternità lo attirava: essere il portatore di sperma per una comunità di bambini, fa niente che poi non hai i soldi per farli studiare in una scuola decente, ricompensava la sua volontà di esserci. Così, in linea teorica gli sarebbe piaciuto di averne dieci, venti, trenta di figli. Per puro istinto di procreazione. Eravamo su un treno con una croce sulle fiancate, la tournée toccava i principali teatri della Svizzera. L'autunno si sfilacciava oscillando sul nostro viso in incidentali sbadigli di sole. Cinque giorni: segmenti di piacere trascorsi chiusi nella stanza a schivare la folla dei colleghi e del mondo. La sera andava a lavorare, io guardavo la televisione.

Dell'aborto non gli avevo detto. Sarebbe sprofondato nella balbuzie dell'impotenza.

L'atrio dell'ospedale era livido di lampadine al neon. "La quasi ex madre è arrivata", avrei voluto strillare alla cicciona del ricevimento, mentre mi indicava l'ascensore.

IVG, sta scritto sul foglio dell'accettazione. Reparto solventi. Volevo risparmiarmi la corsia e godere in pace del mio supplizio. Certo era che li amavo tutti e due, lui e il grumo, ma nessuno di loro sarebbe stato in grado di amare una come me. Se fosse stata una femmina avremmo saputo organizzare un'indissolubile relazione madre-figlia che facesse ombra all'increscìosa assenza paterna.

"Venga signora, c'è la depilazione".

Ma perché ti depilano se devi abortire? Averlo saputo, avrei fatto da sola, con la crema la pelle non si arrossa. Non sarà più doloroso di una visita ginecologica. Me l'hanno dato per certo. Ho paura del male fisico, nel sottosuolo della mia coscienza avverto un insoddisfatto senso di onnipotenza. Per qualche grappolo di secondi sono depositaria della specie. Sfrigolano nella mia testa vuota le corde di un violoncello in un volo solitario nel quale nessuno mi assolve. Dovrebbero mettere la musica negli ospedali. Timbri pacati, da aeroplano: quello atterra e tu sei già in fila, attenta a non urtare il vicino che chiede il permesso di ritirare il bagaglio a mano che si è incastrato sotto il sedile e tu vuoi sentire il vento addosso e ascoltare quella musica, tanto è più o meno la stessa situazione: entri in quegli immensi edifici di vetro e cemento con l'urgenza di uscirne al più presto.

Annusavo l'aggressività delle stanze e dei carrelli di metallo carichi di fiale, aghi, bende e bottiglie da flebo. Non c'era alcuna colpa da condividere. Luca era dappertutto, l'infermiere con gli zoccoli verdi gli somigliava. Avrebbe finto di non riconoscermi come l'ultima volta che lo aspettai davanti al teatro, richiamando la sua attenzione con un impacciato mugugno. Adesso mi guarderebbe così, da pavido. Rimase in sella alla bicicletta, la punta del piede poggiata sul gradino del marciapiede, senza scendere a stringermi la mano. Tenevo in tasca due gemelli in oro antico che intrecciavano la S e la L. Era il 2 giugno. Impensabile disertare il suo compleanno. Sarebbe partito per Lipari a giorni, avrebbe esplorato le falde del vulcano, dove raccoglieva sassi neri e blu.

Mi uscì un soffio, "ciao, sono io".

Mi presentavo, novizia, a due occhi che mi trapassarono senza vedermi. L'insolenza del suo fastidio mi paralizzò le dita. Si allontanò a pedalate, scansandomi. Me ne andai anch'io, il pacchetto accartocciato nella tasca di una giacchetta di lino, in una città che non prevede dolori, perché quando stai male, d'estate Milano è ancora più feroce.

Trascorsi il mese successivo a chiedermi dove avevo sbagliato e perché si era ritirato dal gioco.

"Deve togliere i gioielli: può lasciarli in cassaforte e recuperarli prima di tornare a casa. Faremo in fretta, signora. Ormai un'IVG prevede il day hospital, stasera dormirà nel suo letto".

Senza la fiammella incerta e tremante dentro il mio utero, con cui scambiare quattro chiacchiere prima di addormentarmi. Si dice che un figlio concepito nell'amore ha maggiori possibilità di essere felice. Non è vero.

"Si accomodi".

Mi indicano la porta della sala d'aspetto. Io aspetto solo che tutto sia finito. Siamo in quattro. Niente stanzetta dove rinchiudermi. Loro sono tutte giovani e io una primipara attempata. L'ho controllato sulla Treccani. Poche righe: biologicamente a trenta sei sulla china discendente della fertilità. Io ne avevo già compiuti quarantadue. Con la scusa di rifletterci, avevo dato un'occhiata al Codice Civile per capire cosa ne pensava di un bambino nato da solo, a una coppia clandestina. Avrebbe gli stessi diritti. Una signorina si accarezza con soddisfazione una pancia che tende la lana del maglione. Chissà perché è qui da sola e senza uno straccio di fidanzato o una madre di quelle che "non puoi andare dal ginecologo da sola, tesoroooo!" Perché l'hanno messa qui con noi che a quello stadio non ci arriveremo mai? La guardavo con insistenza e quella sorrideva: "Una bambina, l'ecografia dice che è una bambina".

Come se un'ecografia parlasse.

Mi invitano a entrare in sala operatoria, dopo una visita breve e senza sussiego.

"Signora, si rilassi, faremo presto. Non sentirà nulla".

La donna viene fatta sdraiare su un lettino ginecologico e collegata con tre elettrodi a un monitor che ne registra l'attività cardiaca. L'anestesista e il tecnico dell'anestesia incannulano una vena periferica e iniettano liquido lattescente che la addormenta. Una pinza che misura la saturazione del sangue viene collegata a un dito, sull'omero il bracciale della pressione. Il ginecologo disinfetta la vagina internamente ed esternamente, copre gambe e ventre della paziente con un telo sterile, le inietta l'anestetico. La donna si addormenta, mantenendo la sua attività respiratoria. Il ginecologo posiziona il divaricatore, afferra l'utero con due pinze a uncino, lo dilata con degli specilli, dilatatori di Egar. Introduce in utero una cannula collegata all'aspiratore. L'anestesista fa un rabbocco con 3 cc di Propofol. Il ginecologo aspira il feto, che ha compiuto otto settimane. Tempo dedicato: quaranta secondi. La cannula viene sfilata, il medico pulisce l'utero con un cucchiaio da revisione, toglie residui di sangue e placenta. La paziente viene messa sulla barella e portata nella sua stanza. Ci resterà fino a sera.

Una mano mi sfiora la spalla, apro gli occhi e capisco che è finita. Sul comodino il trofeo raggrinzito di un'appendicite in un bicchiere di vetro. Sigillato.

"Vera".

Vedo, sfocata, la ruga ai lati della bocca, riconosco l'azzurro e le occhiaie di chi ha ricevuto in consegna il mio corpo dopo l'appendicectomia.

"L'hanno presa in tempo, amore. Hai rischiato una peritonite, ma il professore ti ha rimessa a nuovo. Parlavi di un bambino".

"Non so, Nicola. Vorrei riposare".

"Quale aborto, Vera?"

FRANCESCO

Sorte infida e bastarda. In cinque giorni ho perso i chili ingabbiati all'altezza dei fianchi. Torno a casa con lo stomaco e la testa bucati dall'insonnia. Il digiuno purifica, lo diceva sempre Vera per trovare la forza di non ingollare le stecche di Toblerone che con cronometrico sadismo le portavo come dessert.

"Un ventre piatto è più efficace di un paio di tette da ventenne, Francesco".

E le regalava alla Piera. Non me ne intendo di seni femminili, se si esclude quello di mia madre che, florido e cadente, continuo ad amare. Una volta ci provai, a succhiarlo. Guardava la televisione seduta in poltrona, mi appoggiai al bracciolo, le abbassai la vestaglia e mi ci attaccai. "Francesco non fare lo scemo", reclamò, ma quel gesto sconcio la rese felice. Dopo la morte di mio padre non glielo aveva più chiesto nessuno.

L'etichetta sulla busta, spedita con Posta Prioritaria, è scritta in stampatello.

Accendo la alogena dello studio in una casa che ormai fa schifo perché mi sono dimenticato di avvertire la filippina e quella se non le telefoni pensa di disturbare. La porcheria ambientale rispecchia la mia anima, una discarica dove crepitano rifiuti dentro un'armatura ammaccata. L'alogena mi tiene sveglio, il filo al suo interno ha l'angheria giusta perché io trovi il respiro necessario ad aprire questa busta gialla.

La riconosco perché ti conosco, potevo immaginare che avresti lasciato a me l'eredità di uno sfregio ripugnante.

Sei tu, la mittente.

Perché proprio a me, stronza di un'amica che avresti dovuto fidarti?

È tardi, adesso, per questi fogli infetti. Bastava amarci un poco di più, Vera, e non sarebbe successo.

Un portadocumenti di Pineider. Sei curata nei dettagli nonostante la busta. Ordinaria. All'interno, piegato in tre parti uguali, un foglio intestato in maiuscoletto bordato. E il tuo testo: *Bianca*. Un titolo senza capricci, come il film di Moretti.

Le ventuno e quattordici. Non esco a cena nemmeno stasera. Un maglione sulle spalle, la poltrona scozzese e Prokof'ev – *Romeo e Giulietta*, atto terzo, brano diciottesimo, sta scritto nelle istruzioni allegate – che mi trivella come una sonda. Il supplizio del violino si incunea tra questi fogli che leggo, sì Vera, leggo da privilegiato perché hai scritto che dovrei recapitare il dattiloscritto al tuo editore. Precisi il sottotitolo: "un racconto breve". Non un romanzo, né una storia né un addio. Nicola mi aveva accennato a una bambina che secondo lui non avrebbe venduto molte copie, ma ti rendeva felice. E che lui si era divorato, tanto inghiottiva.

Quanti siamo, Vera, rimasti bambini? Perché non hai aspettato che ti cullassimo noi, figli prematuri che siamo solo stati capaci di giocare a essere eterni figli?

Hai voluto evitare lo squallore di un tradimento. Così, lo hai circoscritto in un dramma dei tuoi.

Trasgredisco e imbuco Springsteen nello stereo, *Born to Run*, che Nicola arpeggiava con la Martin che aveva sostituito la Yamaha, e nessuno osava interromperlo anche se stonava perché era quello il suo grido di libertà, starsene tuffato con la sua chitarra da ragazzo a cantare per noi.

Der Abschied dal *Lied von der Erde* hai dettato, amica carogna. Ma non ce l'ho, Gustav Mahler, troppo sfigato da ascoltare senza una stilla di Tavor nel bicchiere. Scelgo il Boss, 21 giugno 1985, Stadio di San Siro. Eravamo in centomila e da quel palco sudato ci esortava a correre e lui sì che c'è riuscito, mentre io non ho più fiato, né malizie.

Non avverto il peso, adesso che vi ritrovo dentro una busta nella busta. Strappo con i denti l'involucro che nemmeno Perilli sarebbe curioso di aprire, con il suo bel tagliacarte d'argento e i guanti di lattice. È come spiare dentro un cuore, origliare nei pensieri. E quando smetterò di leggere, avrò paura di restare da solo.

Nemmeno scusa, hai chiesto. Solo un elenco.

Francesco,
saluta per me Gabriella, Alberto, Federico, Lucia, Paola, Cecilia, Sara, Roberto, Manuela, Matteo, Bryan, la Piera, Diego il giornalaio e tutta la redazione e l'agenzia, e poi decidi tu. Salutami tutti quelli che desiderano un saluto. E riempi righe che non so più percorrere. Perché la memoria se ne sta andando.
Vera

Una lista.

Non alfabetica, né degli affetti, né cronologica.

La ripulsa vale una Orval, la marca preferita da Nicola, "prodotta in Belgio, in un convento di frati trappisti, Francesco, roba fine".

Alla vostra.

Eccomi, sono entrato nella fase feticista, che chissà quanto durerà, d'ora in avanti mi ingozzerò di John Lennon e persino del suo Brassens, che ascoltava in cuffia perché lo sfottevamo troppo, in inutili cordate di resistenza alla malinconia.

Prendo tra le mani i fogli come fossero guanti di seta abbandonati da una smemorata. Corpo 12, carattere Times New Roman. Fotocopiata e rilegata, la piccola Bianca ammicca, maligna e selvatica.

Novantasette pagine, chissà perché non cento che fa cifra tonda.

***

La scuola era finita. Quattro mesi da riempire. Ciao Marta, ciao Chicco, ciao Lalla e ciao a tutti i suoi compagni tristi e solitari.

Pettinava le bambole che Marta voleva buttare, diceva che dopo la quinta non si gioca alle bambole. Le aveva disposte in fila, a fare il pubblico.

Sotto il tavolo teneva il bottino dei suoi ultimi furti: aveva rubato a casa della vicina il suo primo portafoglio.

La madre aveva preso a tornare tardi, la sera. Entrava in casa e si buttava sul letto senza nemmeno mangiare qualcosa. L'indomani andava di nuovo a lavorare, alla stessa ora del giorno prima. I fratelli stavano dalla signora del quinto perché la scuola materna era chiusa. Lei si portava da mangiare sotto il tavolo. Aveva preso dal frigorifero un succo di frutta alla pera, quattro confezioni di gelatine incellofanate, i formaggini a triangolo.

L'estate era la stagione ideale per gli esercizi.

Il più semplice consisteva nel ripetere delle parole con la mente e non con la bocca. Le scriveva su un foglio, le pronunciava senza il volume, muovendo solamente le labbra. Era affezionata al fracasso che veniva da dentro il suo cervello, buio come una grotta. Gioco, bambola, dovere, piacere, responsabilità, sacrificio, mele, denaro, amica, musica, tenerezza, cuscino, genitori. Alcune erano parole sue, altre le aveva origliate, quando veniva la collega dell'ufficio a trovare sua madre e a parlare male degli uomini. Ad ogni parola corrispondeva l'esercizio di immaginazione. Si trattava di pensare un oggetto, vederlo nella testa e stabilire quanto fosse utile. Le più difficili da pensare erano le cose astratte, non avevano una forma, un colore, non servivano a niente.

Per la sordità si aiutava con i soliti tappi di bambagia. Per non vedere stringeva uno straccio marrone sugli occhi legandolo dietro la nuca, come a mosca cieca. Stava così per ore, il mondo disperdeva i colori, la mente si annebbiava e lei lentamente la isolava in un guscio vuoto e libero.

Dopo la prova del silenzio veniva la sopportazione del male fisico, ma per quella si sarebbe fatta aiutare dalla stanchezza.

Quella mattina iniziò con la prova del pianto. L'esercizio consisteva nel fare una inspirazione profonda dal centro del petto all'insù, verso la gola. Buttando fuori l'aria trattenuta, le lacrime si fermavano all'angolo interno dell'occhio, dove lei sapeva che esistevano fiumi pronti a portarla in salvo con il loro gusto salato, ma che per il momento dovevano restare lì.

Da grande l'avrebbero lasciata piangere in pace.

C'era da ripetere la prova sguardo fisso. Serviva a non fare capire quando amava fino a farsi scoppiare il cuore come una mina o odiava fino a spappolarsi il cervello. Tenendo tra le mani lo specchio argentato col manico, si metteva seduta, incrociava le gambe, la schiena ben diritta. Lo scopo era cancellare dal volto qualsiasi espressione, il contrario che fare l'attrice espressiva. La faccia da ebete le veniva senza troppo sforzare, soprattutto quando eliminava i sogni che avrebbero alterato la fissità e lasciato intravedere i suoi sentimenti. Gli occhi diventavano come una linea retta. Almeno non le avrebbero più detto che "era carina". Detestava chi diceva "sei carina, bambina". Perché nessuno le diceva che era bella. Lei era sempre e solo "carina".

Allora era meglio niente.

L'esercizio successivo era anzitutto fisico: si trattava di non sentire fame, trattenere la pipì, bere solo saliva, non confidare i suoi pensieri e non ascoltare quelli degli altri, non aprire le pagine dei libri, non strofinare Ugo che stava intontito a guardarla, tra una bambola e l'altra. Provò e riprovò, tanto era vacanza e non aveva niente altro da fare.

Le gelatine stavano nel cellophane e alle mele erano spuntate piccole macchie scure intorno al picciolo. Il caldo stava squagliando anche i formaggini, che avvolse in un fazzoletto sotto il centrino.

Attese la sera, per la prova di resistenza alla paura del buio. Era un esercizio molto complicato perché a mano a mano che calava la luce il cuore batteva sempre più forte al centro del petto e rimbombava allargando il suo pum pum fino alla pancia. Si distraeva dalla paura della notte pensando al sollievo che le avrebbe dato la luce del mattino, quando il buio sarebbe finito.

Resistere alla paura del buio significava non esistere. Che era diverso da scomparire.

Sarebbe stata una suggestione bellissima.

Si sdraiò lunga distesa per terra. Aspettando il momento. Non sapeva quante ore passassero perché non aveva l'orologio con il cinturino crema che avevano regalato a Marta per la fine della scuola. Marta lo aveva allacciato sopra il polsino apposta per farlo vedere e tutti infatti le avevano detto "che bell'orologino – proprio così, orologino – chi te l'ha regalato?" A lei non piacevano le parole che finivano in ino se non era proprio necessario alla parola stessa. Le piacevano le parole come erano, soprattutto quelle di cui non conosceva il significato. Perché erano solo suoni.

Nell'esercizio della fissità era proibito acciambellarsi. Le braccia dovevano stare rigide, i muscoli dolere, i palmi delle mani con le dita allargate a zampa di ragno sulle mattonelle. Il sedere doveva pigiare il pavimento duro. Il difficile consisteva nel non toccarsi in nessuna parte del corpo.

Finalmente si addormentò, la pancia gracidante.

Si svegliò dopo non sapeva quante ore raggomitolata

come un gatto. Un rigagnolo colò fra le sue gambe. Forse aveva opposto troppa resistenza alla pipì. Tenne le cosce serrate, ma il liquido si incollava viscido, facendola innervosire. La luce filtrava dai buchi, segno che la notte era passata. Le bambole avevano guance di porcellana con i pomelli rossi. Degli strani rumori la distrassero. Venivano da fuori, forse di là non avevano ancora finito di montare la cucina nuova. Lei moriva dalla voglia di vederla, ma non doveva alzarsi. Sotto il sedere era bagnata, pensò di essersela fatta addosso. Era estate e quel fresco le piaceva. Lì, dove il piscio si sarebbe seccato sarebbe rimasta una macchia da nascondere sotto la tovaglietta bianca. Lo stomaco rimbombava dentro la pancia come un sacchetto pulito.

Si pensa meglio, così. Pensò.

Smise per pochi secondi l'esercizio di immobilità per infilarsi di nuovo le sue palline di bambagia nelle orecchie. Mangiò una marmellatina e mezza mela. Ripassò tutto da capo in rapida successione. Ripetere le parole con la mente e non con la bocca, prova del silenzio, sopportazione del male fisico, prova sguardo fisso, inspirazione e prova del pianto, respingere la fame, trattenere la pipì, bere solo saliva, non confidarsi, sottrarsi all'ascolto, non aprire le pagine, non strofinare Ugo, non sentire il rimbombo del cuore che batteva all'impazzata, resistere alla gioia della luce, dimenticare il dolore dei lividi sulla testa, non considerarsi bella. Era in pace. Contenta di avere superato la sua prima notte da sola sotto il tavolo.

Restando sdraiata, voltò lentamente la testa verso destra. Proprio accanto al bordo della tovaglia vide delle scarpe nere con le stringhe. I piedi giravano intorno al tavolo in un piccolo girotondo. Ne contò otto, erano otto scarpe e due sandali a strisce da frate, dai quali spuntavano unghie lunghe e sporche. Si vedevano dei peli scuri. Non le piacevano gli uomini con i peli, ma sapeva che tutti gli adulti erano pelosi. Anche suo padre. Lei glieli tirava e ogni volta lui era molto soddisfatto, fino a che la madre una volta non li vide e la cacciò via dalla camera da letto.

Una luce forte la stordì e le fece rimbalzare il cuore fino in gola. Era colpa del digiuno. Qualcuno aveva detto che quando non mangi puoi vedere cose che non esistono. Si chiamava allucinazione. Dentro la luce vide le facce sudate e i corpi dei signori con le scarpe. Indossavano una tuta blu e una canottiera di cotone a piccole coste. I cinque signori sconosciuti ridevano, bevendo birra direttamente dalla bottiglia. Quei signori stavano togliendo la tovaglia dal suo tavolo. Non era un'allucinazione. Forse l'avrebbero sostituita con una più leggera e pulita di quel vecchio tappeto a buchi che avrebbero portato in lavanderia.

"Non ne vale la pena", avrebbe voluto spiegare, è un vecchio tappeto-tovaglia, è suo, non lo usa nessuno.

Stette zitta per non interrompere l'esercizio del silenzio.

Dietro di loro, una donna si muoveva come una marionetta senza fili. La signora si avvicinò al tavolo e lei sentì le dita della sua mano stringere il suo braccio. Si rivolgeva a lei parlandole come si parla a una bambina normale, ignara della sua sordità. La donna la trascinò verso di sé sul pavimento nello stesso, identico modo di suo padre prima dei pugni. Aveva una faccia di sfida che le fece provare paura per la prima, vera volta. I suoi occhi erano dilatati e gonfi come quelli dei rospi. La sua bocca muoveva le labbra nel vuoto. Il silenzio rimbalzava contro le pareti del suo cervello, ma lei non riusciva a capire cosa dicesse.

A un certo punto la signora perse la pazienza e la strattonò fuori dal suo tavolo, con la scopa ramazzò i suoi libri e le tovagliette e le mele, le gelatine, il piumino della cipria volò come un uccellino e la polverina rosa si rovesciò sulle mattonelle che diventarono come se ci avesse nevicato sopra.

Lei voleva restare nel suo buco, ma il braccio della donna era più forte di ogni volontà.

Davanti a sé, ammassati gli uni sugli altri come quando lei faceva il gioco del condominio di cartone e disegnava col gessetto le finestre sulle fiancate, vide gli scatoloni del grissinificio e anche quelli dove il droghiere teneva i detersivi e la pasta, legati con la corda e lo scotch marroncino.

La donna era veramente nervosa, lo capì dal furore disperato che lesse sulla sua mascella e, soprattutto, dai capelli ispidi, intrecciati ai trucioli della cucina. Prese a tirarla dalle trecce, lei si vergognava di mettersi a piangere davanti ai signori con la tuta. Così fece in fretta l'esercizio e le lacrime rimasero al loro posto. Lo straccio passava sotto le sue gambe e spostava le sue cose. La signora strappava i vestiti eleganti delle bambole di Marta. Prese tra le mani il portafoglio e la guardò con odio e disprezzo.

Pensò fosse colpa della pipì sul pavimento, giurò con il pensiero che avrebbe rimesso tutto a posto e pulito con lo straccio bagnato, mattonella dopo mattonella. Prima la bianca, poi la nera fino a che non fossero tornate lucide e splendenti. Non voleva che spostassero il suo pubblico, e i libri e tutti gli accessori del camerino, ma non riuscì a fermarla.

La donna la guardava da minuscoli punti gialli dentro gli occhi azzurri diventando rossa in viso, e tutta quell'agitazione le fece tremare le gambe.

Vide Arlecchino, Giulietta e la signorina Lescò, in piedi, riflessi nello specchio del corridoio che sghignazzavano con i signori in tuta e canottiera. Avrebbe voluto chiedere aiuto, mantenne il giuramento del silenzio, l'ossigeno si compresse nei polmoni, formulò la richiesta con la mente, sicura che avrebbero capito, come sempre, ma non fece a tempo a pensarlo che quei tre scomparvero dallo specchio.

Si sollevò in piedi, sulle gambe il liquido rosso gocciolava a lacrime. Si tolse il cotone dalle orecchie e un fragore insopportabile inondò il corridoio come quella volta al luna park.

"Bianca, vieni fuori da lì. Avremo un'altra casa, più piccola. Non ci sarà posto per il tuo tavolo. E poi sei grande adesso, è ora di imparare a stare in una stanza. Tuo padre se n'è andato".

La riconobbe dalle ciabatte.

"Mamma", gridò, ma la voce non funzionò.

Udì, limpido e rotondo, il suono di quella parola nella sua testa.

Le si avvicinò tremante, perché la paura di sbagliare era più forte di ogni altro sentimento.

Quando le fu proprio vicina, le sfiorò il grembiule lurido con le dita della mano destra, la guardò proprio fin dentro agli occhi, allungò come elastici le braccia verso il suo collo a pieghe e glielo strinse forte.

Come non aveva mai fatto prima.

VERA

Sei uscito e già cammini, puledro ingessato, nelle aule del Palazzo di Giustizia.

Il thermos è sul comodino, accanto ai giornali e ai biscotti alla crusca, nel lettore cd il *Secondo Concerto per pianoforte e orchestra* di Rachmaninov.

Pensi sempre a tutto, tu.

L'abito nero penzola dall'anta dell'armadio come un corpo a digiuno, accanto ai collant e alle décolleté Manolo Blahnik che mi hai regalato ieri. Costano troppo, ti ho detto, e hanno il tacco a stiletto, da ragazza cattiva. Il solitario brilla, all'anulare. Ti meravigli che lo tenga anche per dormire quell'anello prezioso che mi donasti a un anno dalla cena in cui ci incontrammo, ma ne sei fiero perché ti piacciono i simboli.

Il letto sfatto è un cratere muto. Mi sfida la cavità dell'ansa ancora tiepida che hai lasciato, mentre il pianista prelude ai fiati che addestreranno il suo malore sui tasti dello Steinway. Oggi sono di corta, giorno di riposo, non ho perimetri dentro i quali muovermi senza sbandare. Ci sarebbe l'appuntamento con l'estetista alle dieci. Farsi bella è un imperativo, con te, che lo sei per natura e conosci il potere dei tuoi capelli folti che cadono a piombo e lambiscono la nuca bianca.

La busta è sullo scrittoio. Se lo tengano così, hanno redattori stipendiati per le sviste e i refusi. Non venderò molte copie, mi sono tolta uno sfizio. Niente film tratto da, questa volta. Le storie dei bambini sono impopolari e tristi se non le ammortizzi con il lieto fine.

Il caffè si seda, ancora caldo. Il *Secondo movimento* è bonario come la tua assenza, gli ostinati del pianoforte sono armonici e trasparenti. Stendo le braccia intorpidite verso il soffitto della stanza che non distingue più i nostri fruscii.

Difettato, Nicola. È difettato l'interruttore del mio comodino. Non siamo stati capaci di chiamare un elettricista che lo sintonizzasse con il tuo. Sono settimane che leggiamo qualche pagina a turno, una scusa per strusciarmi su di te e scomporre lo sfrigolio della rivista che leggiucchi negligente.

È che i guasti li avverti nei momenti più insensati: mentre sbatti un uovo, ti spalmi sulla faccia una maschera idratante, ti spruzzi gli occhi gonfi e non ti ricordi più nemmeno perché hai pianto, perché tutto si confonde Nic, i giorni felici e quelli noiosi, i tentativi e le rivelazioni. Le squame di una luna sbilenca e gli abbracci interrotti dal telefono.

Gabriella sostiene che con gli impacchi di camomilla il gonfiore si assorbe. L'aroma aspro si diffonde dal thermos con l'eco del tuo dopobarba che stuzzica le narici come un lezzo, ma un odore è solo un odore, non l'ennesima occasione per sfruttare il ricordo del tuo tocco distratto sul mio seno.

Non mi hai avvertita, Nic, che il guasto fa udire la sua afonia quando compi gesti che necessitano, per definizione, di ripetitività. In quei precisi istanti, mentre sei perplessa davanti al dito inguainato di crema e ti chiedi perché continui a sprecare cadenze per appiattire una ruga, il buco si allarga, le voci braccano le incavature del cervello senza consolare con la titubanza degli archi consumati dal lato delle corde acute, stelle filanti appese al cielo di questa cella.

Provo a chiamarti. In tribunale il cellulare non prende, il pianista rigonfia il *Terzo movimento*, schiaffeggia la tastiera come acqua sporca e io digito il tuo numero, ascolto il ninnìo della suoneria a vuoto.

Voglio sentire se lo schianto dell'impotenza è ancora vivido.

Lo è, Nicola, e trascina con sé le filamentose ragnatele della solitudine, inospitale asilo della mia follia.

Immobile nel letto, imbragata nella camicia di forza del mio giorno di libertà, non so che farmene di una libertà che disorienta, deserto dalle dune gibbose che si confonde con i tuoi fianchi morbidi, consumati dalle mie carezze.

Assordano le voci quando sei libera, mentre il clarino irrompe appuntito e liquefa i polpastrelli del solista.

Perché non hai capito, Nicola, che l'affanno verso l'amore puro accoglie in sé la certezza del fallimento?

Lo hai sempre saputo che fuori da te non esisto e non so dove andare. Mi costringi a stare qui mentre muovi le tue giovani ossa nei marmorei corridoi del Tribunale. Assecondi le regole tu, ami la circoscritta definizione di Bach e lasci a me, sperduta nel riflesso di un vetro rotto, la stravagante ruvidità di Rachmaninov.

Suonava lo stesso pianoforte quel giorno, amore mio, quando ti dissi "non posso. Sono guasta".

E tu, con l'asfissiante certezza dei tuoi occhi stanchi di rammarichi, hai biascicato che "no, non ero una mela guasta, ma una scrittrice che trova nella vita gli stimoli per continuare a deliziare i suoi lettori".

Deliziare, che parola idiota.

Era inverno, Nicola. Mi portasti a Mosca, ricordi? Irridevi i miei crucci da bambina tirandomi palle di neve, soffici ali di angelo che si squagliavano sui rossori di guance disegnate nell'illusione.

Ti ho odiato per quella frase.

E per tutte le tue risposte dosate, prudenti, argute, puntuali. Liofilizzate. Rigorose, certo. Ma inadatte. E gremite dell'immenso amore che offrivi, amore mio, sbagliando ogni volta idioma.

Perché non hai allontanato come il faro di Balbec il momento in cui guardarti era vedere qualcosa di mai visto e da sempre atteso?

Stanno in cantina, le voci, Nic. Parlano la prediletta lingua del passato che non abbiamo riconosciuto. Là, ricordi? Nel luogo dove avremmo dovuto incontrarci un giorno e non ci vedemmo, distratti dalle onde di quel mare adirato, nella notte gelata in cui davanti al corpo di tuo padre perdesti tutte le tue lacrime. Perché quella gente si perde, amore mio. E non si ritrova nel mormorio di una donna che cerca vincoli solo in ciò che se ne va. Né con un uomo che trova salvezza nella pianura dipinta a tempera da un bambino.

Le voci sono incanto, amore mio. Stregati sortilegi, come la ninnananna che Brahms ti cantò quella notte, quando volevi a tutti i costi riaprire i suoi occhi per dimostrare che era ancora vivo e lui invece restava inerte, nel suo completo grigio e cravatta nera e camicia con iniziali.

E tua madre, diritta dietro le tue spalle mingherline da piccolo marinaio, non toccava quell'uomo, glabro e addormentato sul marmo, perché non lo aveva mai amato.

Dormisti ancora, dopo quella notte, cullato dalla barca lenta, cercando le tue lacrime nel mare che ti aveva generato.

Ma non le trovasti più.

MINISTERO DELL'INTERNO
DIPARTIMENTO DELLA PUBBLICA SICUREZZA
DIREZIONE CENTRALE DELLA POLIZIA CRIMINALE
SERVIZIO POLIZIA SCIENTIFICA
GABINETTO REGIONALE
PER LA LOMBARDIA MILANO

Sprot.OPR.1676-A/2002
Prot. Nr. 1676-A/2002

Oggetto: *Fascicolo dei rilievi tecnici eseguiti in data 26 marzo 2002*

In occasione del rinvenimento dei cadaveri di Rovati Nicola, nato a Milano il 26 giugno 1961 e di Solari Vera, nata a Milano il 10 gennaio 1948, attinti da colpi di arma da fuoco.
Milano, via Lomazzo nr. 31

ALLA SQUADRA MOBILE – 3ª SEZ. MILANO

Per visione e inoltro all'A.G. competente, si trasmette il fascicolo dei rilievi tecnici effettuati da personale specializzato di questo ufficio, in occasione del sopralluogo indicato in oggetto.

Il Dirigente
Primo dirigente Polstato
Dr. Federico De Lențis
Dott.ssa Elena Tatarella

L'anno duemiladue addì 26 del mese di marzo alle ore 22.40 circa in Milano, la sottoscritta Prudenzio Anna, Agente scelto della Polizia di Stato, in qualità di videofotosegnalatore in servizio presso il Gabinetto Regionale di Polizia Scientifica della Questura di Milano, su richiesta della 3ª Sezione della locale Questura e per disposizione superiore, si è recata in via Lomazzo 31, per eseguire i rilievi tecnici in occasione del rinvenimento dei cadaveri di Rovati Nicola, nato a Milano il 26 giugno 1961 e di Solari Vera, nata a Milano il 10 gennaio 1948, attinti da colpi di arma da fuoco. Erano presenti al sopralluogo il Sostituto Procuratore dottor Pasquale Longaretti, la dottoressa Aurora Broni in qualità di medico legale, il dottor Gianfranco Perilli della 3ª Sez. della Squadra Mobile e personale dell'U.P.G. (Volante Duomo e Tevere Uno).

Si precisa che alle successive 23.05 circa giungeva sul posto, in ausilio della scrivente, l'Agente della Polizia di Stato Federici Roberto.

Giunta al piano terra sito a destra del portone d'ingresso dello stabile, si provvedeva a entrare nell'appartamento utilizzando le chiavi fornite dalla custode, Tortoli Piera, nata a Taranto il 30 settembre 1936, residente a Milano, in via Lomazzo n. 31, la quale riferiva di essersi portata poco prima presso la porta di ingresso sita al piano terreno, per verificare lo stato di salute degli occupanti, il Rovati Nicola e la Solari Vera in oggetto generalizzati. All'appartamento si accede attraverso una porta blindata, a doppio battente, in legno marrone con l'apertura verso l'interno, munita di tre serrature, che trovavamo chiusa. Varcata la soglia si osservava un salone di ampie dimensioni, a forma rettangolare. Giova precisare che l'accesso all'interno era parzialmente ostacolato dai due cadaveri rinvenuti in prossimità dell'ingresso.

IL SALONE: a destra si osservano tre ampie finestre. Le stesse non sono visibili perché coperte da tende di grandi dimensioni di colore panna. Sul lato destro della parete anteriore si osserva uno specchio a muro di piccole dimensioni di forma rettangolare. Sul lato sinistro si trova una libreria lunga circa metri 4,20, dietro la quale si accede a un corridoio sul quale si affacciano numero tre porte di accesso a due stanze da letto e un bagno. Di fronte alla porta di ingresso, a distanza di circa metri 7 dai due corpi una scala in legno conduce a un ballatoio delimitato sul lato verso il salone da una ringhiera in ferro verniciato di grigio. Sul pavimento a ridosso della porta veniva rinvenuta un'ogiva, presumibilmente quella che ha forato il bordo di metallo della libreria dell'ingresso, un televisore, di marca Sony, il cui schermo risulta infranto dal rimbalzo dell'ogiva, data la presenza di un ulteriore foro che fa intravedere l'interno dell'apparecchio tv.

Sul pavimento, a cm 92 dall'angolo anteriore destro e a cm 29 dallo stipite destro della finestra, si rinviene una scheggia di vetro di lunghezza di cm 8. Al centro della stanza si trovano due divani di dimensione cm 210 ciascuno, a tre posti, disposti ortogonalmente a formare una elle e di colori diversi: uno bianco, l'altro di colore arancio. Nello spazio formato dai divani, un tavolo basso altezza cm 30 di foggia orientale sul quale si rinvengono una borsa da donna colore nero marca Prada Milano e una cartella portadocumenti in pelle marrone di marca Piquadro. Sul pavimento, a contatto con il tavolino si rinvengono un paio di collant neri, un paio di scarpe di colore nero marca Manolo Blahnik, slip neri da donna. Inoltre dei boxer di cotone a righe azzurre e bianche, un paio di pantaloni grigio scuro di vigogna, calzini da uomo di colore blu, scarpe di marca Allen Demonds di colore nero. Sul quadrante posteriore sinistro del pavimento, in prossimità della soglia, ostacolando la completa apertura della porta, che si apre per circa cm 40, si rinvengono i cadaveri, l'uno sopra l'altro, entrambi con la testa rivolta verso le finestre e i piedi rivolti nella direzione della scala.

IL CADAVERE DI ROVATI NICOLA: tiepido, integro, inodore, parzialmente vestito, rigidità presente agli arti superiori e invincibile alle mani, giace sul corpo della donna. Ha la testa ruotata a sinistra e aderisce con la regione temporale destra alla spalla destra della Solari. Gli occhi e la bocca sono chiusi. Nella regione temporale destra si nota una soluzione di continuo, penetrante in cavità, del diametro di circa cm 2, visibilmente foro d'entrata prodotto da un vettore balistico. Detto foro presenta esternamente un alone ecchimotico-escoriativo di colore rosso-nerastro, dal quale si osserva la fuoriuscita di sostanze ematiche che seguendo la linea di gravità termina sul pavimento formando una chiazza.

Gli arti inferiori sono addotti e parzialmente flessi. La gamba e il piede destro poggiano al pavimento con la superficie esterna. Il piede sinistro rivolge al pavimento la superficie interna. Il cadavere indossa un pullover di colore azzurro. Al polso sinistro si osserva un orologio Hublot con cinturino in caucciù e cassa di acciaio.

IL CADAVERE DI SOLARI VERA: tiepido, integro, inodore. Giace in posizione supina sul pavimento. La testa ruotata verso destra, rivolge al pavimento la regione temporale destra. Il tronco aderisce con la regione dorsale al pavimento, il braccio destro leggermente abdotto poggia al pavimento la superficie posteriore di braccio e avambraccio. Il braccio sinistro impugna una pistola con il vivo di volata verso il petto con il dito indice quasi a contatto con il grilletto. Nella zona sottomammaria si nota una lacerazione dovuta al foro di entrata prodotto da un vettore balistico. Il cadavere indossa un abito di colore nero, abbondantemente imbrattato di sostanze ematiche e di materia cerebrale. Gli arti inferiori sono divaricati, nella zona genitale si osserva la fuoriuscita di presunta sostanza spermatica.

Sulla metà inferiore del pannello in legno della porta di ingresso e sulla parete posteriore in prossimità dello stipite destro della porta sono visibili degli schizzi di presunta sostanza ematica.

La pistola semiautomatica è una Beretta calibro 9 corto, modello 59, matricola 349394, che gli operanti mettevano in sicurezza, contrassegnata dai rilievi fotografici con la lettera “B”. Si accertava che all'interno del caricatore cinque dei sette proiettili risultavano inesplosi.

Dopo una completa osservazione del cadavere si procedeva, alla presenza del medico legale, a ruotare il cadavere di Rovati Nicola. L'occhio destro del Rovati assumeva una colorazione violacea e il volto trovavasi totalmente imbrattato di sostanze ematiche.

Il volto di Solari Vera, intatto, presentava macchie di presunta sostanza ematica e materia cerebrale.

L'Ispettore Fattori Giuseppe, su autorizzazione del Sostituto Procuratore Pasquale Longaretti, presente sul posto, ha eseguito la ricerca di eventuali residui di polvere da sparo mediante tampone kit sulle mani di Rovati Nicola e Solari Vera, che verrà inviato su autorizzazione del suindicato Sostituto Procuratore alla Direzione Centrale della Polizia, Servizio di Polizia Scientifica, per le analisi del caso.

Si contattava telefonicamente la madre di Rovati Nicola, Locatelli Rovati Paola, all'utenza 0185/45672, la quale riferiva di potere raggiungere Milano entro poche ore.

Il personale della Polizia Mortuaria provvedeva a trasportare i corpi presso l'Istituto di Medicina Legale di piazzale Gorini, per l'effettuazione dell'esame autoptico.

Si precisa che l'arma utilizzata dalla Solari non risulta regolarmente denunciata dalla stessa.

Tosto si è provveduto ad opportunamente repertare i seguenti oggetti: una pistola semiautomatica (B); due cartucce e due bossoli calibro 9, un'ogiva (C); numerosi fogli scritti (D); un computer portatile Ibook marca Apple di colore bianco (E); una borsa da donna in pelle nera e il relativo contenuto opportunamente fotografato; una cartella da uomo in pelle marrone e il relativo contenuto opportunamente fotografato; un orologio di marca Hublot; un tappeto orientale con alcune macchie a dominante rossastra.

Il tutto repertato veniva sequestrato e acquisito da personale della Volante Tevere, per le incriminazioni ritenute opportune dall'A.G. competente e depositato presso l'Ufficio Reperti della Sezione Polizia Giudiziaria della Questura.

Il contenuto sopra esposto viene documentato dagli allegati nr. 47. Rilievi fotografici che, corredati dalle elencate didascalie, fanno parte integrante del presente verbale di sopralluogo.

Rilievo nr. 1 L'entrata del palazzo, la freccia indica la porta di ingresso all'appartamento

Rilievo nr. 2 La stessa ripresa dalla parte opposta

Rilievo nr. 3 L'ingresso all'appartamento

Rilievo nr. 4 Porta blindata, a doppio battente, in legno marrone

Rilievo nr. 5 Una finestra del salone

Rilievo nr. 6 Particolare dello schermo infranto del televisore Sony

Rilievo nr. 7 Particolare del foro sulla superficie dello schermo

Rilievo nr. 8 Particolare chiazza della presunta sostanza ematica sul tappeto

Rilievo nr. 9 Il foro sul televisore misurato con striscia metrica

Rilievo nr. 10 Stipite posteriore

Rilievo nr. 11 Scheggia di vetro lunga circa cm 8

Rilievo nr. 12 I divani

Rilievo nr. 13 Borsa da donna di colore nero con relativo contenuto

Rilievo nr. 14 Cartella portadocumenti da uomo marca Piquadro

Rilievo nr. 15 Particolare della libreria

Rilievo nr. 16 Particolare di gocce di presunta sostanza ematica e cerebrale rinvenute sullo scaffale della libreria

Rilievo nr. 17 La scala del salone conducente al ballatoio

Rilievo nr. 18 Tavolo basso tra i divani

Rilievo nr. 19 Collant neri

Rilievo nr. 20 Scarpe da donna con tacco nere rinvenute sul pavimento

Rilievo nr. 21 Scarpe da uomo nere rinvenute sul pavimento

Rilievo nr. 22 Calze da uomo blu rinvenute sul pavimento

Rilievo nr. 23 Slip neri da donna rinvenuti sul pavimento

Rilievo nr. 24 Boxer da uomo rinvenuti sul pavimento

Rilievo nr. 25 Pantaloni di vigogna da uomo di colore grigio rinvenuti sul pavimento

Rilievo nr. 26 Generale dei due cadaveri, le frecce indicano i pantaloni e le scarpe da uomo, gli slip, le calze da donna, tutti rinvenuti in prossimità degli stessi

Rilievo nr. 27 Il volto di ROVATI Nicola, le frecce indicano la soluzione di continuo

Rilievo nr. 28 La metà superiore

Rilievo nr. 29 La metà inferiore

Rilievo nr. 30 Ulteriore generale dei due cadaveri

Rilievo nr. 31 L'insieme del cadavere di SOLARI Vera

Rilievo nr. 32 Il volto di SOLARI Vera

Rilievo nr. 33 La metà superiore

Rilievo nr. 34 La metà inferiore

Rilievo nr. 35 Particolare della mano sinistra di SOLARI Vera

Rilievo nr. 36 La chiazza sul tappeto dopo la rimozione dei cadaveri

Rilievo nr. 37 Il volto di ROVATI Nicola dopo la rimozione

Rilievo nr. 38 Particolare del volto

Rilievo nr. 39 Particolare della soluzione di continuo fotografato con striscia metrica

Rilievo nr. 40 Il volto di SOLARI Vera dopo la rimozione

Rilievo nr. 41 La metà superiore

Rilievo nr. 42 La metà inferiore

Rilievo nr. 43 Particolare della zona sottomammaria di SOLARI Vera fotografata con striscia metrica

Rilievo nr. 44 Il lato destro della pistola contrassegnata dalla lettera B

Rilievo nr. 45 Il lato sinistro

Rilievo nr. 46 Il computer iBook di marca Apple

QUESTURA DI MILANO
Squadra Mobile
3ª Sezione

Oggetto: verbale di s.i. rese da Paola Lovatelli Rovati, nata a Milano il 5 aprile 1929, residente a Camogli (Genova), in via Del Pré, identificata tramite C.I. nr. AF2361129, rilasciata in data 6 dicembre 1999, rec. Tel. 0185/45672.

L'anno 2002 addì 27 del mese di marzo alle ore 09.15, negli Uffici della Squadra Mobile della Questura di Milano.

Avanti al sottoscritto Ufficiale di Polizia Giudiziaria, Ispettore Enzo Gaiani, appartenente al suddetto ufficio, è presente la nominata Paola Lovatelli Rovati che viene sentita su delega del Sost. Proc. Dott. Pasquale Longaretti.

Quando ha visto suo figlio per l'ultima volta?

Due domeniche fa, è venuto a trovarmi a Camogli.

Suo figlio era in possesso di porto d'armi?

Non ne sono al corrente.

Sapeva se la signora Solari era in possesso di porto d'armi?

Non ne ho idea. Conoscevo poco la signora Solari.

I due avevano una relazione da sette anni, convivevano in una casa di comune proprietà, può dirci se la coppia frequentava la sua casa?

Veniva di rado, con lui. Probabilmente sapeva di non essere gradita.

Ci sono motivi particolari perché lei possa affermare questo?

Era solo antipatia istintiva, credo reciproca. Raramente si stabilisce un buon rapporto con la donna del proprio figlio, soprattutto quando è molto più vecchia di lui. Non so se questo abbia qualcosa a che vedere con quello che ha fatto quella donna: me lo ha ammazzato.

Lei sapeva se tra suo figlio e la signora Solari ci fossero motivi tali da scatenare il raptus omicida?

Credo fosse una squilibrata, tutto qui. Era una donna possessiva e mio figlio era un uomo molto corteggiato, ambito, scapolo: sa quante donne avrebbe potuto avere?

Lei ritiene che la signora fosse particolarmente gelosa?

La signora Solari, se ancora si può definire signora un'assassina, era malata di gelosia. Sono rimasta sola. Vedova e senza l'unico affetto che mi era rimasto.

Ha mai notato in suo figlio un segno di scontento che potesse fare presagire la fine del rapporto?

Non ne parlavamo mai, mio figlio e io, della sua relazione. Nicola sapeva che mi avrebbe dato fastidio e non raccontava niente. Facevano molti viaggi insieme: si limitava ad avvertirmi prima di partire e telefonava all'arrivo per rassicurarmi che stava bene. Non ho mai avuto confidenza con lui, era un ragazzo chiuso. Non ricordo di averlo mai visto piangere.

Ha altro da aggiungere o modificare?

No, nulla.

Letto, confermato e sottoscritto alle ore 09.40 odierne.

Paola Lovatelli Rovati

QUESTURA DI MILANO
Squadra Mobile
3ª Sezione

Oggetto: verbale di s.i. rese da Arnaboldi Gabriella, nata a Milano il 4 giugno 1948, ivi residente in via del Crocefisso 8, identificata tramite C.I. nr. AL361248, rilasciata in data 11 giugno 2000, rec. Tel. 335-3493471.

L'anno 2002 addì 27 del mese di marzo alle ore 12.25, negli Uffici della Squadra Mobile della Questura di Milano.

Avanti al sottoscritto Ufficiale di P.G., Ispettore Enzo Gaiani, appartenente al suddetto ufficio, è presente la nominata Arnaboldi Gabriella che viene sentita su delega del Sost. Proc. Dott. Pasquale Longaretti.

Vivo a Milano, con mio marito e mio figlio di anni diciotto, in un appartamento di mia proprietà. Sono giornalista. Conoscevo Vera Solari dall'ultimo anno di liceo, al Manzoni di Milano, dove frequentavamo la stessa classe.

Quando l'ha vista per l'ultima volta?

L'ho sentita al telefono ieri mattina, era a casa, abbiamo chiacchierato del più e del meno. Ci siamo accordate per vederci domani, cioè oggi. Mi sembrava tranquilla.

Il dottor Rovati era in possesso di porto d'armi, che lei sappia?

Non ne so nulla, non ho mai visto un'arma a casa loro.

La signora Solari era in possesso di porto d'armi?

Vera odiava le armi. Ricordo che quando mio figlio Federico era piccolo giocava con delle pistole di plastica, Vera ne era infastidita.

La Solari aveva mai manifestato con lei segni di scontento rispetto al suo rapporto col Rovati?

Vera era la mia migliore amica ed era molto innamorata di Nicola. Non ne parlavamo, sembrerà strano, eravamo molto unite, profondamente legate, tra noi c'era pudore nel raccontare dettagli sulla nostra vita sentimentale. Vera e io ci capivamo senza bisogno delle parole: Nicola era tutto per lei, era arrivato nella sua vita dopo una serie di esperienze negative. La credevo felice.

Ha altro da aggiungere o modificare?

No, nulla.

Letto, confermato e sottoscritto alle ore 12.40 odierne.

Gabriella Arnaboldi

N. 349394910-02 R. G. notizie di reato/Mod. 21
N. 78 Reg. int. P.M.

PROCURA DELLA REPUBBLICA
presso il Tribunale Ordinario di Milano

RICHIESTA DI ARCHIVIAZIONE
Artt. 408/411 c.p.p., 125 e 126 D. Lv. 271/89

Al Giudice per le indagini preliminari
presso il Tribunale di Milano

Il Pubblico Ministero Dott. Pasquale Longaretti, Sostituto Procuratore della Repubblica presso il Tribunale Ordinario di Milano,

Visti gli atti del procedimento penale di cui in epigrafe, nei confronti di

SOLARI VERA, nata il 10 gennaio 1948 a Milano

procedimento iscritto nel registro delle notizie di cui all'Art. 315 comma 1 c.p.p. per *omicidio volontario* nei confronti di Rovati Nicola:

RILEVATO CHE

Le indagini hanno evidenziato con certezza che è stata l'indagata Vera Solari a uccidere Nicola Rovati, sparandogli a bruciapelo un colpo con pistola semiautomatica Beretta calibro 9 corto, modello 59, nel salone dell'appartamento dove avevano trascorso le ultime ore. Dopo l'omicidio la donna si è sparata al cuore.

Tale ricostruzione trova conferma sia nelle consulenze

tecniche disposte dal P.M., sia nell'esame della documentazione acquisita sul luogo del delitto, sia nelle sommarie informazioni assunte dai famigliari e dagli amici dei due deceduti.

La Solari ha deciso di uccidere e di uccidersi.

Nonostante alcuni episodi raccontati agli inquirenti dai famigliari, dagli amici e dai colleghi della Solari non si può realisticamente determinare in questa sede un movente per l'omicidio verso una vittima nei confronti della quale ella non aveva addebiti o rimproveri da muovere, odio o vendetta da esercitare, specifica disistima da esprimere.

Ritenuto che la morte del reo estingue il reato

Visti gli artt. 408 c.p.p. D. Lv. 271/89

CHIEDE

che il Giudice per le indagini preliminari in sede voglia disporre l'archiviazione del procedimento e ordinare la conseguente restituzione degli atti al proprio Ufficio.
Manda alla Segreteria per quanto di competenza.

Milano, 17 luglio 2002

IL PROCURATORE DELLA REPUBBLICA
(Dott. Pasquale Longaretti)

FRANCESCO

Quattro mesi dopo.

Intravedo il cancello sprangato. Da lontano.

I girasoli chiazzano un cielo di cobalto, avviliti dal Mistral.

Calpesto il ruvido tappeto di lavanda schiacciata a terra.

Profano il lucchetto con le chiavi che abbiamo condiviso, metallico sigillo di un'amicizia che preparava se stessa alla vecchiaia.

I muri in pietra tagliata a vista slacciano l'afa che assedia come una verità. La casa di granito levigato è sfregiata dall'affetto che martella.

Entro. Aureola lattescente, la luce farnetica dalla porta a vetri. Sul muro intonacato dell'ingresso la cloche in paglia è agganciata alla rastrelliera. Gli stivali di Nicola hanno del fango rappreso sulla punta.

Cammino fra le stanze, ladro senza refurtiva, mendicante senza acquirenti, erede unico e testimone codardo di vanitosi flashback.

Le finestre hanno persiane verdi, mani accostate in preghiera.

Scendo la scala di pietra porosa verso la cantina. Oblique e umide di polvere, decine di bottiglie di bianchi, rossi e rosé che Vera, l'astemia, non beveva. Le nostre biciclette scassate, gli stivali da pesca, ceste di vimini stipate di ceppi. Ciarpame che trovava rovistando in cascinali abbandonati, lenzuola di lino ruvido e federe ricamate a mano che negoziava con i vecchi del paese. Tornava a casa sventolando quei trofei come una bambina che arreda una casa di bambola.

Mi avvicino a un armadio, soggiogato dal timore di accedere al suo vangelo. Un'intrusione. Un tradimento.

C'è solo il silenzio, qui.

Lo apro.

Gli occhi forati di una maschera da giullare mi giudicano dal loro vuoto.

Appesi a ometti di legno, i peccati di un'infanzia.

Tocco una casacca e delle brache rattoppate, a losanghe rosse, gialle, blu, verdi.

Sfioro il velluto liso di un costume da teatro, plissettato come carta di caramella.

Sfilo dal suo uncino un bustino da dama del Settecento, in lacero crespo di seta. La gonna è vaporosa e sbrindellata.

Mi aggrappo al bordo del ripiano di legno dove sono accostate, geniali impronte di fantasma, un paio di scarpe da uomo in pelle e calzini di cotone.

Intollerabile bottega degli orrori e della follia.

Conto sei collane di plastica, quattro braccialetti in strass, tre paia di orecchini di finti diamanti. Ripiegati, sotto la bigiotteria, logori centrini bianchi profumano di borotalco. Un piumino da cipria. È impolverato di rosa.

In una scatola grigio cenere sciolgo le maniche incrociate di un frac nero con le code, la camicia è ingiallita su collo e polsini, chiusi da due gemelli in oro dalle iniziali illeggibili.

Sullo scaffale più alto, la custodia del violino di un bambino. Al suo interno, un'etichetta a stampa in carattere corsivo, la firma in inchiostro sulla diagonale recita: "Laberte Humbert Frères, 1907". Impugno l'archetto rotto.

Piegato come un fazzoletto ingiallito, un ritaglio di giornale. *Corriere della Sera*, 26 marzo 1961. Un trafiletto.

Barcollo. Potrei restare intrappolato qua dentro. In caduta libera.

Socchiudo gli occhi di fronte alle parole che scorro veloce.

Risolto il mistero della tredicenne scomparsa da casa

Vera S., la tredicenne scomparsa da casa, è stata ritrovata alle sei di ieri mattina, dopo ventisette ore di angosciose ricerche da parte dei Carabinieri di Milano. La ragazzina era stata vista per l'ultima volta dai compagni della scuola media dove frequenta la seconda classe e dalla quale era solita tornare a casa nel pomeriggio alle diciassette. Accompagnati dalla madre, i carabinieri si sono recati nel condominio di via Giambellino, dove Giacomo S., padre della ragazzina, abitava da due anni con la convivente, Flora G. Gli uomini della volante sono entrati in casa sfondando la porta dopo avere inutilmente bussato. Nel tinello, seduta su un divano, Vera S. era sola. Gli occhi perduti nel vuoto, la piccola teneva in grembo una Beretta calibro 9, risultata poi regolarmente denunciata da Giacomo S. Il capopattuglia le si è avvicinato, le ha delicatamente tolto la pistola dalle mani e l'ha accompagnata nella vicina camera da letto. Quando l'hanno staccata con delicatezza dalla sua solitaria attesa, Vera è scoppiata a piangere, ma dalle sue labbra non è uscita neppure una sillaba. Solo lei, il visetto smunto incorniciato dai capelli scuri, potrà dare una spiegazione alla sua fuga e, soprattutto, dare ragione di quell'arma, che era pericolosamente carica.

Me ne vado, sbronzo di certezze.

Fuggo nella canicola del giardino, dove gli ulivi offrono ombra al mio rimorso.

La persiana di una finestra del piano terreno sbatte, metodica, il suo malcontento. La affranco al gancio.

Non avverto, dentro, incantesimi e stupore. Respingo, indocile, il mio livore.

Li amavo di immotivata felicità.
Il sole abbacina gli occhi come una sciabola.
Magico e irreale frutto della mia fantasia, vedo una fotografia.
Sorridono una donna e una bambina che improvvisano una danza.
Sullo stesso palcoscenico.
Finalmente, penso.

RINGRAZIAMENTI

Vorrei ringraziare le patologhe forensi dell'Istituto di Medicina Legale di Milano Alba Maria Isabella Campione e Ornella Fontana, il Giudice per le Indagini Preliminari del Tribunale di Milano dottor Piero Gamacchio, il dottor Nicola Lupidi della Questura di Milano, Cinzia Sasso, Giusi Pellegrini,
il dottor Corrado Guglieri.

Gli amici

Carolina Rapetti, Fulvio Pusineri, Sara Manazza, Marco Fornara, Ailicec Ordagova, Francesca Ripamonti, Vanessa D'Amico, Francesco Dondina, Sara Tedesco, Alberto Triola, Monica Galassi, Alberto Tonti, Lucia Castagna, Lorenzo Rossi, Piero Colaprico, Gianfranco Pierucci, Enzo Gentile, Vicki Satlow, Anna Bandettini.

Grazie a Luna. Senza di lei è buio pesto.

E a Eugenio, lui sa perché.

Un pensiero speciale va ad Alessandra Ferri e Ferruccio Soleri, che mi hanno regalato, con la loro arte, lo spirito di Giulietta, Manon Lescaut e Arlecchino.

E grazie, davvero, a Giò, Davide e Giulia, che per queste pagine ho troppo spesso trascurato.

ANNOTAZIONI

ANNOTAZIONI